MARTIN WINCKLER

MORT IN VITRO

Fleuve Noir

Directeurs de collection :
Roger Lenglet pour la Mutualité Française
Béatrice Duval pour les Éditions Fleuve Noir

Le Code de la propriété intellectuelle n'autorisant, aux termes de l'article L. 122-5, 2° et 3° a, d'une part, que les « copies ou reproductions strictement réservées à l'usage privé du copiste et non destinées à une utilisation collective » et, d'autre part, que les analyses et les courtes citations dans un but d'exemple ou d'illustration, « toute représentation ou reproduction intégrale ou partielle faite sans le consentement de l'auteur ou de ses ayants droit ou ayants cause est illicite » (art. L. 122-4).
Cette représentation ou reproduction, par quelque procédé que ce soit, constituerait donc une contrefaçon sanctionnée par les articles L. 335-2 et suivants du Code de la propriété intellectuelle.

© 2003, Éditions Fleuve Noir, département d'Univers Poche.

ISBN 2-265-07399-7

À Michael Crichton,
Christian Lehmann
et Gilles Perrault,
trois grands bonshommes de l'être.

Prologue

L'armée des ténèbres, 1

Date : 14 août 2002
De : Division sécurité, Laboratoire WOPharma
À : Direction générale, Laboratoire WOPharma
Objet : Transcription de conversation confidentielle

Monsieur,
Veuillez trouver ci-joint la transcription de la conversation enregistrée dans la salle de réunion « Versailles », 4ᵉ étage de l'immeuble WOPharma, le 13 août 2002 entre 23 h 09 et 23 h 20. Note : Par souci de confidentialité, les personnes présentes sont identifiées par les lettres A à D.

(Bruit de porte qui s'ouvre, puis se referme. B et C sont déjà dans la pièce. Entrée de A.)
A : Vous avez demandé à me voir ?
B : Asseyez-vous, mon vieux...
A : Et vous, pourquoi êtes-vous là ?
C : Je suis ici à titre officieux. Vous n'avez qu'à m'ignorer...
A : Comme si c'était possible ! Vous êtes partout...

B : Asseyez-vous, s'il vous plaît...
A : Je me sens mieux debout. Maintenant, parlez !
B : Vous n'avez pas signé le dossier du [mot omis].
A : Bien sûr que non ! Il n'est pas question que je le signe. Je ne lèverai plus le petit doigt pour ce produit.
B : Nous ne pouvons pas interrompre le processus à ce stade...
A : Bien sûr que si, nous le pouvons ! Et nous le devons. Il n'est pas question de laisser le [mot omis] faire d'autres dégâts.
B : Nous avons éliminé la cause des incidents...
A : C'est ce que vous voudriez faire croire, mais nous savons pertinemment que ce n'est pas vrai. Ces incidents se reproduiront, tôt ou tard. Vous connaissez parfaitement le comportement des prescripteurs, dans ce pays, et les pressions que le public et les médias exercent sur eux. Ils ne s'en tiendront pas à une décision administrative. Ils continueront à n'en faire qu'à leur tête et surtout à satisfaire les demandes. Si d'autres décès surviennent...
B : Ce ne sera pas de notre ressort. Les toubibs n'ont qu'à faire leur boulot.
A : Ne me prenez pas pour un con ! Vous savez très bien que rien ne peut arrêter une rumeur une fois lancée, surtout quand elle est de cette nature.
B : Ce n'est pas une rumeur. Le [mot omis] est efficace.
A : Oui, mais à quel prix !
C : (bruit de gorge) Mais alors – excusez-moi de vous interrompre, mon cher –, que proposez-vous ?
A : Rien. Vous allez retirer le [mot omis] du marché, un point c'est tout. D'ailleurs, j'ai déjà rédigé un rapport dans ce sens pour la commission de pharmacovigilance...
B : (cris) Vous avez *quoi* ? Vous êtes fou ! Vous vous rendez compte de ce que ça signifie ? Toute mon activité est basée là-dessus ! Vous êtes complètement cinglé !

A : Au contraire, j'ai retrouvé toute ma raison. Et dans trois jours le rapport sera sur le bureau de l'Agence du médicament et sur celui du ministre. Avec les détails. C'est terminé...

B : Espèce de...

C : (bruit de chaise) Bien. J'imagine qu'il est inutile de vous demander de revenir sur votre décision... Vous vous rendez compte que cela met un terme à votre mission d'expertise ?

A : (rire) Cette... mission, comme vous l'appelez, est terminée depuis quinze jours. Je n'aurais jamais dû l'accepter. Vous m'avez utilisé et pressuré à loisir. C'est fini. Vous allez devoir réviser vos prédictions de croissance à la baisse. Et je vous conseille de vendre vos stock-options avant l'ouverture de la Bourse, demain matin ! Bonsoir !

(Claquement de porte puis silence de cinq secondes et demie. Autre porte qui s'ouvre. Entrée de D.)

D : Je vous avais dit qu'il ne changerait pas d'avis...

C : Oui, vous aviez raison. Comme d'habitude...

B : Il est fou ! Il est complètement fou ! Il ne réalise pas le tort qu'il va nous faire...

D : Mais si, il le sait parfaitement. Vous n'auriez pas dû le prendre de haut, comme vous l'avez fait il y a six mois... Ne croyez pas qu'il se soit soudain découvert une conscience. Il avait un compte à régler avec vous, et il a profité de l'occasion...

B : Mais... allons-nous le laisser faire ?

D : Bien sûr que non. Tout est déjà prévu...

B : Déjà... *prévu* ?

D : Allons, mon ami, ne faites pas l'innocent ! Vous n'imaginiez pas une seconde que vos jérémiades pourraient le faire changer d'avis ? En tout cas, C et moi n'y avons jamais cru, alors, j'ai pris les dispositions qui s'imposaient...

B : Vous ne voulez pas dire... ?

D : *Mon cher ami*, je ne crois pas que nous ayons le choix...

B : Non... Non, en effet. Mais je ne veux rien savoir... Vous vous rendez compte ?

C : Vous ne saurez rien. Enfin... vous n'en saurez pas plus que les autres...

D : Qu'est-ce que... cette caméra tourne ? Coupez-moi ça, crétins !

(Fin de l'enregistrement)

Conduite à tenir :

Archiver transcription ?	OUI	NON
Détruire transcription ?	OUI	NON
Archiver enregistrement ?	OUI	NON
Détruire enregistrement ?	OUI	NON

(Rayer les mentions inutiles)

Identification d'une femme

Elle se nomme Frédérique Niort, et c'est une très jolie femme. Elle a tout ce qu'il faut pour aimer et être aimée : vingt-cinq ans, un visage fin, des cheveux noirs, des yeux marron, une bouche délicate et, sous le drap, des courbes qui ne demandent qu'à être caressées.

L'assistant retire le drap et dévoile le corps de Frédérique. Le Dr Llorca ajuste ses gants et abaisse le scialytique. Il tend la main vers le plateau, saisit un scalpel, le plonge dans l'estomac de la jeune femme et d'un geste rapide, précis et brutal, lui ouvre l'abdomen jusqu'au pubis.

Charly Lhombre sursaute. Ce n'est pas la première fois qu'il assiste à une autopsie, mais celle-ci le plonge dans un mélange d'incrédulité et de colère. Comment se fait-il qu'une jeune femme de cet âge, qui ne demandait qu'à vivre, se retrouve un beau jour d'août allongée sur la table froide d'une morgue ? Quel dieu peut avoir une telle cruauté ? Charly hausse les épaules. « Si je me mets à invoquer Dieu, c'est que je ne vais vraiment pas bien », se dit-il. Il pense au mari de Frédérique Niort, qui a vu sa femme mourir dans l'ambulance. Il pense à la famille brisée à laquelle il est allé annoncer la mort de la jeune femme. Il pense à l'enfant qu'elle portait, et ses poings se serrent.

Charly sait que sa colère n'est pas vraiment dirigée contre un dieu hypothétique, mais contre lui-même. Même s'il n'est pour rien dans la mort de Frédérique Niort, il ne parvient pas à se départir d'un sentiment de culpabilité. Pourquoi, autrement, assisterait-il à l'autopsie ?

Llorca sort son scalpel de l'abdomen. Sa main remonte en direction du cou de Frédérique, plonge la lame sous la clavicule gauche et incise la peau du thorax en direction du sternum. S'il s'agissait d'un homme, il ferait son incision en ligne droite. Au lieu de quoi, la lame contourne délicatement le sein gauche. Une troisième fois, la main se lève et se repose cette fois-ci sous la clavicule droite pour rejoindre la seconde incision, traçant entre les seins de la jeune femme un décolleté sanglant et obscène.

— Tu connais la différence entre Dieu et un médecin ?

C'est Llorca qui vient de parler. Il tourne son visage émacié et sa mèche blanche vers le jeune médecin. Charly lui lance un regard vide et reprend les mots sans comprendre.

— La différence... ?

— Dieu ne se prend pas pour un médecin, murmure Llorca en achevant de dénuder la cage thoracique.

Il saisit une pince coupante, glisse l'une des lames au centre de l'Y qu'il vient de tracer sur le corps de Frédérique Niort et entreprend de découper le thorax en suivant l'incision...

Charly secoue la tête. Il connaît l'humour de Llorca, qu'il fréquente depuis qu'il a fait ses études de médecine, mais aujourd'hui, il ne supporte pas son ironie.

— Je ne l'avais pas encore entendue, celle-là...

— Ah bon ? répond le légiste d'un air absent pendant qu'il découpe le thorax de la morte. Elle est pourtant vieille... Tu ne regardes pas la télé, toi !

Il incise l'artère pulmonaire et glisse l'index à l'intérieur, à la recherche d'un caillot.

— Bon, elle n'est pas morte d'embolie... Tu la suivais depuis longtemps ?

— Non. Je ne l'ai vue qu'à deux reprises, la seconde fois le jour où elle a fait son hémorragie.

— Et tu ne l'as pas sauvée... (Ses yeux se plissent.) Je comprends.

— Je ne vois pas comment vous pourriez comprendre, rétorque Charly, agressif. Vous ne vous occupez que des morts...

Llorca lève un sourcil, interrompt son travail, se redresse.

— En l'occurrence, je m'occupe aussi de toi. À l'heure qu'il est, je devrais être au lit !

— Je sais. Excusez-moi...

— Excuses acceptées. Mais comme je dors encore un peu, j'aimerais bien que tu me rappelles ce qui s'est passé...

Soulagé de pouvoir se concentrer sur quelque chose, Charly rassemble ses souvenirs.

— Frédérique Niort, vingt-cinq ans, mariée, sans enfants, pas d'antécédents particuliers, ni personnels, ni familiaux. Je l'ai d'abord vue pour une déclaration de grossesse au tout début d'un remplacement, elle était en pleine forme, enceinte d'environ huit ou dix semaines, son examen clinique était absolument normal, tension parfaite, tout allait très bien. Et puis, quelques jours plus tard elle m'a appelé, un soir, parce qu'elle saignait et craignait de faire une fausse couche. J'étais en visite à l'autre bout du canton, mais je suis allé la voir immédiatement. Le temps de faire la route, il s'est passé seulement vingt minutes, mais quand je suis arrivé, je l'ai trouvée en état de choc, pâle, en sueur, tachycarde, avec une tension pincée, baignant dans son sang. Je lui ai posé une voie veineuse et des macromolécules, j'ai appelé le SAMU, il s'est passé encore vingt minutes avant qu'ils ne débarquent. Ils l'ont intubée et transfusée mais elle a fait un arrêt cardiaque pendant le transport et ils n'ont pas pu la réanimer...

— Mmhh, fait Llorca en posant le foie de Frédérique Niort dans la balance à organes. Tu penses à quoi ?
— Je ne sais pas. Elle n'avait pas de signe infectieux... Son écho était normale, ça n'était pas une rupture de grossesse extra-utérine. Un avortement spontané ?
— Ou clandestin...
— Non ! Non, sûrement pas. Elle était heureuse d'être enceinte, son mari et elle attendaient ça depuis longtemps...
— On a parfois des surprises...
— Je sais, mais ce n'est pas le cas, insiste Charly.

Une fois encore, Llorca lève la tête pour dévisager son jeune confrère.
— J'ai le sentiment que tu en fais une affaire personnelle.
— Oui, soupire Charly. J'aimerais pouvoir affirmer à son mari et à sa famille qu'il n'y avait rien à faire pour la sauver. Que son hémorragie était imprévisible et irrattrapable.
— Ouais. Bien sûr. Mais ce n'est pas à toi que j'apprendrai qu'ils risquent de ne pas en être convaincus... même si on lui trouve un mouton à cinq pattes.
— Je sais. Mais je veux en avoir le cœur net.
— Bien, chef... Alors, voyons ce qu'elle a dans le ventre.

Llorca abandonne son scalpel et plonge les deux mains dans l'abdomen béant de la jeune femme.

Le quatrième pouvoir, 1

Comme souvent lors des émissions de prestige de TéléPrime, le plateau d'*Un enfant avant tout* met surtout en valeur ses deux présentateurs, Karl-Albert Shames et Elena. Grisonnant et majestueux, Shames est assis derrière un large bureau installé au sommet d'une estrade. La très blonde et très belle Elena, vêtue d'un pantalon en stretch fluo extrêmement moulant et d'un chemisier translucide tendu sur son opulente poitrine, se tient debout à sa droite et en contrebas, derrière un pupitre chichement éclairé. Ses lèvres très rouges effleurent avec sensualité le fin micro qui s'arque devant sa bouche. Juste en face de la jeune femme, sous le regard dominateur de Karl-Albert Shames, trois personnes habillées de manière plutôt formelle sont placées de profil dans de confortables fauteuils. Au premier plan, dos à la caméra, une demi-douzaine de femmes sont assises sur des tabourets et lèvent les yeux vers le présentateur.

— Mesdames, mesdemoiselles, messieurs, bonsoir ! Cette semaine, *Un enfant avant tout* va examiner le cas de plusieurs téléspectatrices dont la maternité est compromise. Chacune va nous raconter son histoire, afin que celle-ci serve d'exemple, nos spécialistes répondront à leurs ques-

tions et nous livreront les secrets des techniques médicales de pointe qui contribueront à les guérir et à leur donner...
— *Un-en-fant-a-vant-tout !* hurle l'audience présente dans le grand auditorium de TéléPrime.
Son fameux sourire aux lèvres, Karl-Albert Shames se lève et s'incline. (Applaudissements.)

Pendant que la salle s'assombrit, un immense écran tombe du faux plafond et, sur un rythme effréné, des photographies de médecins légistes y défilent. La voix enregistrée du présentateur baigne l'assistance.
— « L'enfant est notre droit. L'enfant est notre bien. L'enfant est notre bonheur et ceux d'entre nous qui en sont privés souffrent le martyre. Notre mission est d'aider toutes celles et tous ceux qui en sont privés d'acquérir ce trésor : *un enfant avant tout.* » (Applaudissements à tout rompre.)

Shames lève les bras pour calmer la salle.
— Messieurs les experts, veuillez décliner votre identité !
La caméra se pose tour à tour, brièvement, sur les trois personnes assises de profil.
— Professeur René Cordebois, spécialiste des maladies infectieuses de la femme. (Applaudissements.)
— Professeur Alyette Chirigay, gynécologue-obstétricienne. (Applaudissements.)
— Docteur Édouard Garches, gynécologue, spécialiste des problèmes de fécondité. (Applaudissements.)
— Et voici nos témoins ! (Applaudissements à tout rompre.)
L'une après l'autre, les femmes se lèvent. Elles sont filmées de trois quarts dos, leur visage reste en grande partie caché. On devine cependant à leur voix qu'elles sont très

éprouvées. Presque toutes se tamponnent les yeux d'un mouchoir.

— Elena ? C'est à vous !

Dans un roulement de tambour, la jeune femme désigne tour à tour chacune des femmes présentes.

— Notre premier témoin s'appelle Sandra, son mari l'a trompée et l'a contaminée avec un virus qui l'a rendue stérile. (Applaudissements.)

— Elle s'appelle Virginie et elle a subi sept avortements, dont trois clandestins. (Applaudissements.)

— Elle s'appelle Josyane et une malformation congénitale lui interdit d'avoir des enfants... (Applaudissements.)

Pendant que les six femmes subissent cette flagellation verbale, des visages d'enfants défilent derrière Karl-Albert Shames.

Croissance, 1

Commission d'autorisation de mise sur le marché des médicaments (AMM), séance du 13 mars 2002. Conclusions sur la demande d'extension de l'AMM de la molécule XP457 D (dextrogrhémuline) déposée par les laboratoires D&F (Durand & Fils).

Résumé :
Le dossier du XP457 D (dextrogrhémuline) a été facile à compléter, étant donné l'existence de la molécule depuis environ vingt ans. L'ensemble des données colligées sur la molécule représente environ trois mille cinq cents pages, qui rassemblent deux cents études différentes, depuis l'étude biochimique (cinquante articles et dossiers) jusqu'à l'expérimentation sur la femme enceinte (trois études multicentriques portant sur 4 956 femmes pour une durée totale de 15 753 mois de traitement, effectuées en Afrique, en Asie et en Amérique du Sud).

Le XP457 D est l'isomère dextrogyre du XP457 L (lévogrhémuline), molécule expérimentée au milieu des années 80 dans le traitement des stérilités. Cette molécule, excellent inducteur de l'ovulation, s'était révélée responsable de complications qui avaient conduit à surseoir à son expérimentation chez la femme. Le processus de synthèse de la molécule permettant d'obtenir un isomère dextrogyre, ce dernier a alors été expérimenté. Mais en raison de l'absence totale d'effets inducteurs de l'ovulation, la recherche dans le traitement de la stérilité a été abandonnée. En revanche, les propriétés anti-émétiques[1] du XP457 D ont été remarquées par hasard lorsque, au cours d'une épidémie de gastro-entérite virale parmi une cinquantaine de sujets sains participant à une étude de tolérance, il fut observé que les sujets recevant le XP457 D vomissaient nettement moins que les sujets recevant le placebo. Au cours des années qui suivirent, la recherche se poursuivit jusqu'à l'obtention d'une autorisation de mise sur le marché (AMM) en juin 1996.

Le XP457 D est actuellement commercialisé en France sous le nom de spécialité « Pronauzine » par les laboratoires D&F pour traiter les nausées induites par des médicaments et en particulier par la chimiothérapie et la radiothérapie anticancéreuses. Les principales études avaient comparé le XP457 D aux deux traitements de référence – le ST267, molécule passée dans le domaine public et déjà commercialisée par plusieurs entreprises sous divers noms de marques, et la cigarette de cannabis, dont les effets sédatifs sur les nausées de la chimiothérapie sont connus depuis longtemps. Ces deux substances, pour des raisons évidentes, n'étaient pas envisageables pour traiter les nausées qui handicapent beaucoup de femmes enceintes. Les études sur l'animal (souris, rat) ont démontré l'absence d'effet tératogène ou malformatif sur les embryons exposés

---

1. Un anti-émétique est un médicament qui calme les nausées et les vomissements.

à la molécule. Plusieurs études multicentriques menées sur des femmes saines en âge de procréer se sont assurées de l'innocuité de la molécule. (Le résumé de ces études figure en page 2241 et suivantes du dossier complet.) Une étude en double aveugle contre placebo effectuée sur 754 des femmes enceintes ayant décidé d'interrompre leur grossesse dans les délais légaux a démontré les effets anti-émétiques marqués du XP457 D. L'analyse des produits d'avortement recueillis après IVG ne montre par ailleurs aucune anomalie imputable à la molécule. Les rapports d'experts (Dr A. Gerblain, Pr A. Lydecker, Pr G. Seryex) confirment les données établies dans le dossier du XP457 D.

Conclusion : l'AMM du XP457 D (dextrogrhémuline) commercialisé sous le nom de « Pronauzine » par les laboratoires D&F est étendue. Elle comprend à présent les indications suivantes :

— traitement des nausées et vomissements, en particulier lorsqu'ils sont induits par la chimiothérapie et la radiothérapie anticancéreuses ou par d'autres médicaments susceptibles de provoquer ces symptômes.

— traitement des nausées et vomissements graves du premier trimestre de la grossesse.

Accident !

Tourmens, Chaîne Canal 7,
Bulletin d'informations du 14 août 2002, 9 heures

… Les orages ont d'ailleurs été à l'origine d'une montée des eaux qui a inondé de nombreux garages et sous-sol dans les quartiers riverains de la Tourmente, en particulier au CHU.
L'un des piliers du CHU de Tourmens, le Pr Seryex, chef du département de pharmacologie, a trouvé la mort tôt ce matin dans un accident de la circulation. Alors qu'il circulait à grande vitesse et sous une pluie battante sur la rocade ouest, son véhicule, une BMW d'un modèle ancien, s'est brutalement déporté et a accroché un poids lourd qui roulait sur la file de droite. Le véhicule a fait un tête-à-queue et a été percuté de plein fouet par le véhicule qui le suivait. Le Pr Seryex est mort sur-le-champ. Le conducteur de l'autre véhicule accidenté a été transporté au CHU dans un état grave. Fort heureusement, on ne déplore aucune autre victime. En raison de l'enchevêtrement des véhicules et du carambolage qui a suivi, la circulation a été interrompue pendant près de trois heures sur la rocade extérieure. Le chauffeur du poids lourd impliqué dans l'accrochage est actuellement entendu par les enquêteurs.

Tourmens, Palais de justice, mercredi 14 août 2002, 09 h 15

— À deux minutes près, l'affaire était pour moi, déclare Armelle Laugery, contrariée.
— Oui, soupire Jean Watteau en appuyant sur le bouton du troisième. Mais je ne sais pas lequel de nous deux doit s'en féliciter...
— Vous, certainement ! C'est l'occasion ou jamais de relever les anomalies de cette section de la rocade. Savez-vous combien d'accidents on y a dénombrés depuis huit ans ? Vingt-deux ! Et nos élus locaux ont été incapables d'en tirer le moindre enseignement ! Alors, je trouve que malheureusement, l'occasion est idéale ! Un grand patron du CHU tué à cause de l'incurie des pouvoirs publics !
— Évidemment, acquiesce Watteau. C'est l'occasion rêvée...

L'ascenseur s'immobilise au premier étage du palais et le juge Laugery en sort, non sans avoir porté à son collègue un regard meurtrier. Watteau sourit en la voyant s'éloigner, talons claquants et fesses serrées, en direction de son bureau. En voilà une autre qui ne va pas le porter dans son cœur... Quand la porte de l'ascenseur se referme, il peste contre la conscience professionnelle – ou peut-être obsessionnelle – qui lui a fait décrocher le téléphone au moment même où il apercevait le juge Laugery pénétrant dans le palais de justice. Son astreinte était terminée, il aurait pu passer la main à sa collègue ; d'ailleurs, il n'aurait même pas dû se trouver dans les murs du palais et s'il avait, comme tout bon magistrat qui se respecte, passé la nuit chez lui, l'huissier ne l'aurait pas appelé. Il aurait attendu quelques minutes que la jeune juge d'instruction ait posé sa serviette et lui aurait passé la communication.

— Monsieur Watteau ?

— Bonjour, Benamou, avait répondu le juge en reconnaissant la voix de l'officier de police. Que puis-je faire pour vous ?

— Nous avons un accident de la voie publique, un carambolage entre un camion et deux voitures sur la rocade. Comme ça s'est passé intra-muros, ce ne sont pas les gendarmes qui ont été dépêchés sur place, mais mon commissariat. Vous savez, depuis le nouveau décret... Enfin, je résume : un mort, un blessé. J'aurais pu attendre la fin de la matinée, mais vu l'identité de l'une des victimes, j'ai pensé qu'il valait mieux ne pas tarder... et je savais que vous étiez d'astreinte.

Watteau avait souri, puis hésité un peu avant de répondre.

— C'est gentil de me confier les cas intéressants.

— Vous savez ce que j'en pense, monsieur Watteau. Ce genre d'affaire n'est jamais facile, et je n'aime pas trop qu'on accuse la police de bâcler les enquêtes. Avec vous, je sais que tout sera fait dans les règles...

Watteau sort de l'ascenseur et arpente le couloir en direction de son bureau. En se remémorant ce début de conversation, il éprouve une fois encore un sentiment très étrange. Benamou, qui a dépassé la cinquantaine, est un policier chevronné et intelligent, un vrai Maigret, mais qui n'a jamais eu la possibilité d'atteindre à la notoriété de son modèle. Subtil et discret, il n'a pas la moindre velléité de briller, et il est d'une honnêteté maladive. Il est donc absolument rétif aux manipulations dont est coutumier le parquet de Tourmens. Même s'il refuse de servir de courroie de transmission aux manœuvres politiques diverses attachées aux affaires sensibles, il est parfois obligé de plier devant la hiérarchie. Et il déteste les jeunes magistrats aux dents longues, plus soucieux de carrière que de travail bien fait. L'appel de Benamou n'est pas orthodoxe – en principe, c'est le substitut qui saisit le juge d'instruction – mais les deux hommes se connaissent depuis longtemps, ce qui leur permet de dialoguer en anticipant les procédures administratives. Au bout du fil, Watteau a senti le soulagement du policier lorsqu'il lui a laissé entendre qu'il était encore d'astreinte pendant quelques minutes... le temps suffisant pour assumer officiellement l'affaire.

— Un accident de la circulation, ça ne devrait pas nous occuper tout le reste de l'année, avait dit Watteau, sans vanité. Dans trois mois, ce sera classé.
— En principe. Seulement... c'est un drôle d'accident de la circulation, monsieur le juge.
— Expliquez-moi ça...
— D'après le radar, le véhicule circulait à plus de 140 sur la rocade quand l'accident a eu lieu. Le Pr Seryex était au volant et il était le seul occupant. Le seul problème, c'est qu'il n'était pas en état de conduire...
— Que voulez-vous dire ?
— Eh bien, il avait sa ceinture et les deux airbags se sont déclenchés, ce qui fait qu'il n'a pas percuté le pare-brise au moment du choc. Mais quand les pompiers l'ont extrait de la cabine, ils ont vu tout de suite qu'il avait une plaie à la tempe. Evidemment, il faut attendre le résultat de l'autopsie, mais il semble bien que le professeur ait reçu une balle dans la tête...

Watteau n'avait rien répondu.
— Alors, avait ajouté Benamou, si on compte que demain c'est le 15 août, qu'on est en sous-effectif et que personne ne va se remettre à bosser sérieusement avant le début de la semaine prochaine, je pense qu'on va peut-être en avoir pour un peu plus de trois mois...

Le meilleur des mondes possibles, 1

France Affaires, 105.75 FM.
Bulletin d'informations du mercredi 14 août 2002

Le marché hexagonal est fermé pendant le pont du 15 août, mais ce n'est pas le cas ailleurs dans le monde et la grande nouvelle est tout de même l'OPA lancée par la multinationale WOPharma sur la société EuGenTech, petite entreprise qui monte dans le domaine des biogénotechnologies. L'affaire est importante car WOPharma, premier industriel pharmaceutique de la planète, dont le siège est cependant sis à Tourmens, est depuis plusieurs années contrariée dans certains de ses projets de développement par la petite entreprise. EuGenTech, en effet, a été fondée il y a une dizaine d'années par une organisation non gouvernementale basée en Afrique équatoriale, et associée au programme de lutte contre la mortalité infantile lancé par l'Organisation mondiale de la santé. Ces dernières années, les médecins, biologistes et techniciens d'EuGenTech ont mis au point plusieurs méthodes contraceptives efficaces et bon marché destinées à être commercialisées dans le tiers-monde. Citons en particulier **Luna One**, la pilule à prise mensuelle et **In-Plante**, l'implant contraceptif sous-cutané biodégradable efficace pendant

7 ans. Le succès de ses méthodes contraceptives – qui n'ont pas jusqu'ici été commercialisées en Europe et aux États-Unis en raison du caractère très protectionniste du marché pharmaceutique – a permis à EuGenTech de se développer, mais aussi d'entreprendre des recherches sur l'infertilité. Grâce aux techniques de contrôle des naissances et à la croissance économique, la natalité galopante qui effrayait tant les scientifiques au début du XXe siècle est en passe d'être contrôlée sur l'ensemble de la planète. On pense ainsi que la population mondiale sera stable d'ici à 2050. Paradoxalement, la baisse de la natalité commence à préoccuper aussi les pays en développement. En raison des maladies infectieuses endémiques comme le paludisme, un grand nombre de femmes éprouvent de réelles difficultés à être enceintes. Il y a trois mois, EuGenTech annonçait la mise au point d'une molécule nouvelle stimulant l'ovulation, le BB-ST90 et son expérimentation imminente chez des femmes volontaires. La particularité de cette substance, c'est son absence d'effet secondaire indésirable et surtout la possibilité d'éviter les grossesses multiples que provoquent les traitements classiques. En même temps que cette nouvelle expérimentation, EuGenTech annonçait son entrée en Bourse. On comprend que WOPharma saisisse l'occasion de mettre la main sur une société qui, de concurrente, pourrait devenir l'un de ses plus beaux fleurons.

Dans un tout autre domaine, une dépêche nous apprend le démantèlement, en Grande-Bretagne, d'un gigantesque trafic d'enfants. Lié à la mafia russe, un réseau se chargeait de rapatrier des enfants abandonnés nés dans l'un ou l'autre des anciens pays du bloc de l'Est et de les acheminer vers des pays occidentaux, où ils étaient adoptés par des couples stériles en échange de sommes considérables. L'affaire a été révélée à la suite du décès d'un de ces jeunes adoptés. Il semble en effet que les enfants qui faisaient l'objet de ce trafic soient tous en mauvaise santé, ce qui les rendait d'autant plus « adoptables » pour leurs pays d'origine...

La cinquième victime

Pour la quatrième fois, Charly Lhombre relit le compte rendu d'autopsie. Les termes ont beau être parfaitement clairs, quelque chose lui échappe. Frédérique Niort est morte d'une complication de sa grossesse. Une complication rare, un *placenta accreta*.

— Qu'est-ce que c'est que cette saloperie ? avait demandé son mari.

— Eh bien, avait répondu Charly, lorsque l'embryon se développe, une partie de ses cellules constitue le placenta, se fixe à la paroi de l'utérus et y plonge de petits vaisseaux pour tirer des nutriments et de l'oxygène du sang maternel. Pour simplifier, il arrive, très rarement, que le placenta se développe de manière excessive, transperce l'utérus... et provoque une hémorragie interne. C'est ça, un *placenta accreta*. Ce qui est encore plus rare, c'est qu'une complication pareille survienne au tout début d'une grossesse... C'est même exceptionnel.

— Et ça devrait me consoler ? s'était écrié Christophe Niort, soudain hors de lui.

Charly est resté désarmé devant la douleur du jeune homme. Il ne peut qu'imaginer combien celui-ci doit souffrir de la perte de sa femme. Ces deux-là avaient vraiment l'air de s'aimer profondément.

*
* *

Charly referme la porte de la salle d'attente et fait signe au patient suivant qu'il a un coup de téléphone à donner. En réalité, il a besoin de souffler un peu avant de reprendre ses consultations. Il lui est arrivé à de nombreuses reprises de voir des patients mourir, ça n'est pas vraiment une nouveauté pour lui, hélas ! mais c'est la première fois qu'il assiste à un décès en pareilles conditions. Pendant qu'il tentait d'apporter un maigre réconfort au jeune veuf, il s'est résolu, mû par son intuition, à creuser la question de cette mort étrange. Il compose le numéro direct du Pr Larski, chef du centre de pharmacovigilance de Tourmens.

— Tu peux répéter ? demande Yves Larski, incrédule.
— Un *placenta accreta* à dix-onze semaines de grossesse. Hémorragie interne foudroyante, on n'a pas pu la récupérer.
— Qui a fait l'autopsie ?
— Llorca. Il est catégorique.
— Je… Quand est-ce qu'elle est morte ?
— Hier matin.
— On a rendu son corps à la famille ? Est-ce que Llorca a conservé les prélèvements d'utérus après avoir fait l'anapath ? Il l'a bien faite lui-même, j'imagine ?
— Oui, il disait que ça ne servait à rien, qu'il pouvait faire le diagnostic à l'œil nu. Mais j'ai insisté, alors il a jeté un coup d'œil, et il m'a dit qu'il n'y avait rien de particulier, mais je ne sais pas s'il a gardé les lames. C'est moi qui avais demandé l'autopsie, mais il n'y a pas d'enquête à proprement parler. Donc, il n'était pas obligé de garder quoi que ce soit… Pourquoi cette question ?

— Parce que ce matin, en rentrant de vacances, j'ai trouvé des dossiers similaires sur mon bureau. Mon adjoint n'avait pas jugé bon de bouger, inutile de te dire qu'il m'a entendu... Avec la tienne, ça fait cinq.
— *Cinq* ?
— Oui. Les quatre autres sont elles aussi des femmes jeunes, elles ont fait un *placenta accreta* au premier trimestre de la grossesse. Deux sont mortes. Les deux autres ont dû subir une hystérectomie afin de stopper l'hémorragie. Elles n'auront plus d'enfant. Et ça aurait dû être leur premier... Toutes les quatre vivent dans la région, alors on m'a envoyé les dossiers, bien sûr. Les lames sont bizarres et ont été lues par quatre médecins différents, j'aurais aimé voir celles de Llorca...

Charly n'écoute plus Larski qu'à moitié.

— Ma patiente aussi, ça allait être son premier enfant...

Les deux hommes se taisent.

— Tu penses à la même chose que moi ? demande Larski.

— Oui. Quelle est la procédure, dans des situations pareilles ?

— C'est simple : j'avertis le Centre national de pharmaco-vigilance et je lance une procédure d'enquête sur les cinq décès. Va voir le mari de ta patiente et demande-lui de ramasser toutes les ordonnances et de retrouver tous les médicaments qu'elle a pu prendre depuis trois mois. Je dis bien : tout ! Même les tisanes de grand-mère, même les bonbons pour la toux. Et quand tu les auras, passe me voir.

Laura, 1

(Janvier 2002)

« ... Si tu savais comme j'en ai marre de les entendre me dire sans arrêt : "Alors, quand est-ce que tu nous fais un petit ?" comme si je voulais faire des bébés pour faire plaisir à mes parents ou à mes beaux-parents... Ah, oui, des fois j'en peux plus. Luc ? Il ne dit rien, il est comme moi. Il trouve qu'ils nous font chier, et on a l'impression que c'est pire depuis qu'on essaie d'en avoir un, justement... Je ne sais plus... Presque deux ans... Oui, je prends la pilule depuis l'âge de seize ans, alors je me faisais du souci, mais je suis allée voir le médecin qui m'a dit qu'il fallait patienter, qu'on parlait de problèmes de fertilité seulement au bout de deux ans sans contraception... et qu'il faut quand même faire pas mal de galipettes pour que ça prenne... Oui, il a utilisé le mot "galipettes", c'est mignon, non ?... Il est gentil. Il était gentil. Et rassurant. Je regrette d'avoir dû déménager, je serais retournée le voir, mais là il est vraiment trop loin... Je ne sais plus quoi faire... Luc est triste, il se faisait une telle joie d'avoir des enfants, on a acheté la maison pour ça, il bosse comme un fou pour aménager trois chambres supplémentaires et moi je ne suis pas capable d'être enceinte... Oui, je sais, ça n'est pas forcément de moi que ça vient mais je n'arrive pas à penser que ce soit lui. Je n'arrive pas à me défaire de l'idée que ma mère y est pour quelque chose... Je ne t'ai pas raconté ça ? J'avais quinze ans, je n'avais toujours pas mes règles et je m'en moquais complètement, je faisais de l'escrime à l'époque, du fleuret, je ne pensais qu'à la compétition et ça ne me tentait vraiment pas d'avoir des problèmes de fille. Ma mère détestait que je fasse de l'escrime, elle aurait voulu que je sois danseuse, ou mannequin, ou je ne sais quoi, enfin quelque chose qu'elle n'avait pas pu être, c'est mon père qui m'emmenait à la salle ou en compétitions, et c'étaient les garçons qui me ramenaient... Et c'est là que j'ai rencontré Luc ! Tu ne le savais pas ? C'est vrai qu'on ne fait plus d'escrime depuis qu'on a emménagé ici... Enfin, toujours est-il qu'un jour, ma mère m'entraîne sans prévenir chez sa gynéco, une vieille pétasse par qui elle adorait se faire papouiller, et elle lui dit qu'elle s'inquiète que je n'aie pas de règles et que si ça continue, je n'aurai pas d'enfants. La vieille pétasse a voulu m'examiner mais je ne me suis pas laissé faire – je lui ai dit qu'il n'était pas question qu'elle me touche ! Seulement elle aussi, cette connasse, elle s'est mise à me dire que ça n'était pas normal, que j'aurais dû avoir des règles à mon âge, que c'était peut-être grave, que j'avais peut-être une malformation ! Tu te rends compte ? Ça m'a tellement foutue en colère que j'ai pris un gros cendrier en verre qu'elle avait sur le bureau et que je le lui ai balancé à la gueule, heureusement je l'ai ratée, mais elle avait un tableau très moche derrière elle, et je le lui ai esquinté...

« ... Inutile de te dire que ma mère me l'a fait payer, tous les jours j'en ai entendu parler, de mes règles qui ne venaient pas... Le jour où elles sont venues, effectivement, j'étais tellement dégoûtée que je ne lui ai rien dit... Seulement, maintenant, je me demande s'il n'y avait pas du vrai dans tout ça, si je suis vraiment capable d'avoir des enfants... Le médecin que je voyais avant me disait que oui, mais là, j'en peux plus... Tu connaîtrais pas quelqu'un que je pourrais aller voir ? Si ? Ah, ça c'est drôle ! Attends, je note... »

La loi… c'est la loi

Tourmens, Palais de justice, vendredi 16 août 2002

Comme toujours quand il est convoqué, Watteau inspire un grand coup et se compose un beau sourire avant de frapper et d'entrer dans le bureau du président du tribunal. Et celui-ci, même s'il est nouveau, n'a pas de raison d'échapper à la règle.

— Bonjour, Watteau, murmure la femme en noir sans lever la tête.

— Bonjour, madame la présidente. Ou devrais-je dire madame *le président* ?

Anne de Froberville toise le juge d'instruction. C'est une femme d'une cinquantaine d'années, aux cheveux bruns coupés court, et dans ses yeux gris Watteau croit déceler une lueur d'amusement.

— On m'avait prévenue que vous étiez impertinent, et vous n'avez pas tardé à le montrer.

— Ah, dit Watteau, je vois que ma réputation m'a précédé…

La présidente sourit, se lève, fait le tour du bureau, serre la main du magistrat et l'invite à s'asseoir.

— Oui, monsieur Watteau. Et vous n'êtes pas pour rien dans ma nomination à ce poste. Pour tout vous dire, c'est à vous que je dois de l'avoir demandé.

Watteau lève un sourcil.

— Je vous demande pardon ?

— Tourmens est une ville à part, une sorte de grande cité-pilote qui sert de terrain d'expérimentation à tous les ministères, à commencer par celui de la Justice. Or, quand une affaire délicate y survient, par je ne sais quel miracle, c'est toujours vous qui en êtes chargé...

— Le hasard, sans doute...

— Je ne crois pas. Mais peu importe. Je viens de passer trois ans auprès du précédent garde des Sceaux, j'étais chargée de l'administration pénitentiaire...

— Vous avez dû en voir de belles...

— Plus que vous ne l'imaginez... Au moment des élections, je me suis doutée que le ministère changerait de mains. J'avais envie de retourner sur le terrain, j'ai demandé à être nommée dans une grande ville. La présidence de ce tribunal était à pourvoir depuis l'affaire Goffin...

— Oui, votre prédécesseur a décidé de prendre sa retraite...

— Vous l'avez un peu aidé, je crois[1] ?

— Oh, il s'est très bien débrouillé tout seul. Mais vous ne m'avez pas fait venir pour ça ?

— Non. Je voulais parler de l'affaire Seryex. On dirait que le monde médical vous poursuit...

— Oui, on dirait. À vrai dire, ça fait trente ans que ça dure...

---

1. Pour en savoir plus, le lecteur curieux pourra se reporter à la précédente enquête du juge Watteau, *Touche pas à mes deux seins* par Martin Winckler, « Le Poulpe », Baleine 2001.

Sans laisser à son interlocutrice le temps de s'étonner, Watteau enchaîne :

— C'est une bien curieuse affaire, digne d'un roman policier. Lisez-vous des romans policiers, madame ?

— De temps à autre. J'aime beaucoup ce que fait Jonathan Kellerman.

— Ah, vous appréciez Alex Delaware...

— Oui, et j'ai un faible pour son ami Milo...

Watteau rougit. Anne de Froberville, surprise par la réaction du juge, fait le tour de son bureau et s'assied en face de lui. Elle le regarde par-dessus sa paire de demi-lunettes.

— Pourquoi me parlez-vous littérature, Watteau ?

— Parce que le Pr Seryex est mort dans des circonstances bizarres : il a reçu une balle dans la tête alors qu'il était au volant de son véhicule, sur la rocade...

— On lui a tiré dessus d'une autre voiture ?

— Non. La balle est entrée derrière l'oreille gauche. Or, la vitre avant gauche était relevée et on n'y a pas retrouvé d'orifice.

— Elle n'a pas été endommagée par la collision ?

— Si, mais le service de police scientifique de Tourmens est un département-pilote, lui aussi. Son directeur, Toulet, et deux de ses adjoints ont passé la nuit à la reconstituer. Ce sont de vrais artistes.

— Alors, il y avait quelqu'un avec lui dans la voiture... Sur le siège arrière ?

— Impossible. Des témoins se sont précipités immédiatement vers le véhicule après qu'il a été percuté par celui qui le suivait. Si quelqu'un en était sorti, ils l'auraient vu. Et je ne vois pas comment il aurait pu ne pas être blessé au moment du choc.

— Un crime impossible ?

— Disons plutôt, un crime inexplicable. Enfin, inexpliqué.

— Un règlement de comptes ?

— Je l'ignore. D'après les renseignements que j'ai pu obtenir, le Pr Seryex était un homme tout à fait tranquille, un célibataire sans histoire, exclusivement préoccupé de ses recherches. Il est l'un des rares professeurs du CHU qui n'ait jamais fait partie d'une liste électorale ou présenté sa candidature au poste de doyen. C'est vous dire !

— Je vois. Ça n'en reste pas moins une sale affaire...

— ... et vous aimeriez que je vous tienne au courant de ses moindres développements ?

— À vrai dire, non, dit Mme de Froberville avec un grand sourire. Justement. J'ai bien l'intention de modifier quelque peu la tournure des choses dans ce palais de justice. Il n'y aura plus de messes basses. Il n'y aura plus de conversations officieuses. En fait, celle que j'ai aujourd'hui avec vous est la première et la dernière. Je vais réunir tous les magistrats du palais et leur annoncer que, dorénavant, chacun devra se tenir aux procédures réglementaires. Tout échange, je dis bien *tout échange*, qu'il soit officieux ou officiel, devra être consigné par les greffiers.

— Cela risque d'être difficile... Vous ne pouvez pas empêcher les uns et les autres de parler. Magistrats et avocats dînent souvent ensemble...

— Certes, mais je peux exiger une transparence absolue dans les dossiers. Et des décisions parfaitement motivées. Je sais lire. Les à-peu-près ne m'échappent jamais et je sais rendre la vie dure à ceux qui bâclent leurs dossiers. Et puis, un président, ça met des notes... Et les magistrats sont comme les profs. Ils pensent sans arrêt à leur avancement...

— Mmhhh. Vous n'allez pas vous faire beaucoup d'amis, ici. Mais pourquoi me dire tout cela à moi en particulier ?

— Parce que je pensais que ma petite réforme ne vous gênerait pas. Et je voulais vous faire comprendre d'ores et déjà que vous aurez toute liberté pour travailler. Que ce soit sur cette affaire-ci ou sur les autres, personne ne viendra vous mettre des bâtons dans les roues. Je m'y engage personnellement.

La présidente se lève et lui tend la main. Watteau se lève à son tour pour la lui serrer. Pendant un long moment, ils se regardent sans un mot.

Dans le couloir, Watteau se pince violemment pour s'assurer qu'il ne rêve pas.

Le meilleur des mondes possibles, 2

France Affaires, 105.75 FM.
Bulletin d'informations du lundi 19 août 2002

« ... dans un marché plutôt calme... millions d'euros de transactions, le CAC 40 perdait ce matin 1,75 % a 3355 en raison des prises de bénéfice de plusieurs grosses entreprises. En début d'après-midi, cependant, la tendance s'inversait et l'indice atteignait la barre des 3360 grâce à la remontée spectaculaire des actions de WOPharma après son OPA réussie sur la petite EuGenTech. A ce sujet, l'association écologiste GreenWorld dénonce, pour sa part, la mainmise d'une multinationale sur ce qui était jusqu'ici la principale entreprise humanitaire autogérée d'Afrique, c'est-à-dire un symbole à elle toute seule. Il semble cependant que ces protestations soient essentiellement faites pour la forme. Les autorités sanitaires du Béninya, petit pays d'Afrique où elle est implantée, n'ont en effet jamais jugé utile de s'intéresser à EuGenTech. »

*
* *

Hebdomadaire *L'industrie pharmaceutique*, semaine du 19 au 25 août 2002

France : *Les laboratoires D&F, société familiale bien connue dont les activités ont commencé en 1955, annoncent l'extension des indications de leur médicament anti-émétique vedette : Pronauzine, qui pourra désormais être prescrit à la femme enceinte pour traiter les nausées et vomissements graves du premier trimestre de la grossesse. Déjà utilisé avec succès pour traiter les nausées induites par la chimiothérapie et la radiothérapie anticancéreuses ou par d'autres médicaments, Pronauzine a montré son efficacité sur les nausées intenses au cours du premier trimestre de la grossesse. L'extension de son utilisation chez la femme enceinte était attendue avec impatience dans les milieux médicaux, en particulier ceux de la procréation médicalement assistée. On sait en effet que les grossesses multiples, fréquentes en cas de fécondation in vitro (FIV), sont génératrices de nausées intenses. Pronauzine devrait donc améliorer sensiblement le confort des patientes concernées, de plus en plus nombreuses.*

Cette extension de l'AMM (autorisation de mise sur le marché) de Pronauzine est une excellente nouvelle pour D&F, dont l'existence se trouvait menacée en raison du caractère obsolète de beaucoup de ses produits. L'an dernier, la société menaçait de déposer le bilan quand le groupe d'assurances Leonardsons, dont on connaît l'intérêt pour le secteur pharmaceutique, s'est porté acquéreur de 30 % du capital de D&F avant de venir la renflouer. Ce ne sont pas les produits de D&F qui intéressaient le groupe, mais l'ancienneté et l'implantation de son réseau de visiteurs pharmaceutiques, qui couvre 95 % du territoire français et qui, en près de cinquante ans d'activité, a lié des relations extrêmement étroites avec les praticiens français. Contre toute attente, l'entrée de Leonardsons dans le capital de D&F se révèle être un excellent investissement : depuis l'extension de son AMM, le marché potentiel de Pronauzine se trouve en effet multiplié par dix, car l'autorisation de prescrire ce médicament à la femme enceinte rend la prescription possible pour pratiquement toutes les catégories de patients – de l'enfant à la personne âgée. L'une des caractéristiques les plus appréciées de Pronauzine, mise en évidence au fil de ses nombreuses années d'utilisation par les patients cancéreux, est en effet de ne présenter aucun risque d'interaction avec d'autres médicaments courants – tels les antibiotiques, l'aspirine, les antidépresseurs ou les tranquillisants. La sécurité d'emploi de Pronauzine paraît donc quasi totale – situation, il faut le dire, exceptionnelle en pharmacologie et en thérapeutique.

L'armée des ténèbres, 2

Date : 20 août 2002, 08.14
De : Division sécurité, Laboratoire WOPharma
À : Direction générale, Laboratoire WOPharma
Objet : Alerte code bleu.
Mots clés : *placenta accreta,* étude anatomopathologique, enquête pharmacologique.

Notre système d'alerte à la Commission nationale de pharmacovigilance nous avertit qu'une demande d'enquête a été déposée par le Pr Yves Larski, centre de pharmacovigilance du CHU de Tourmens, dans les termes suivants :

« Demande d'enquête sur la fréquence de survenue des *placenta accreta* chez la femme jeune à propos de cinq cas en six semaines sur la région de Tourmens. Moyens envisagés : étude bibliographique ; étude anatomopathologique ; enquête pharmacologique sur les patientes. Recherche de cas similaires avec croisement pour l'âge de la patiente, l'âge de la grossesse, les antécédents familiaux, la prise antérieure et contemporaine de toutes molécules. »
(N.B. : le terme « toutes molécules » est souligné trois fois.)

Le dossier doit être déposé au bureau de la Commission nationale de pharmacovigilance dans les huit jours.

Merci de nous indiquer la marche à suivre en ce qui concerne cette alerte et de bien vouloir procéder à l'archivage de ce document selon la procédure habituelle.

Le Dossier 51

Ouvrant l'un des grands tiroirs de son bureau, le Pr Yves Larski avait sorti un épais dossier et l'avait posé devant Charly Lhombre.
— Si tu veux t'amuser, relis-moi donc tout ça.
— Tu es sûr que ça ne t'ennuie pas de me le confier, avait demandé Charly ?
— Non seulement ça ne m'ennuie pas, mais ça me soulage. En fait, on vient de me confier une mission spéciale. L'Unesco m'envoie en Israël participer à une étude des effets comparés du stress sur les enfants des femmes de colons juifs et des femmes palestiniennes dans la zone de Gaza...
— Tu sais ça depuis quand ?
— Hier soir. Le ministère des Affaires étrangères m'a appelé chez moi. Je ne sais pas comment ils ont eu mon numéro, que je ne donne à personne...
— Enfin, ça pourrait être intéressant...
— Passionnant, tu veux dire. Et puis ça va me permettre de revoir quelques amis que j'ai là-bas... des deux côtés. Avec un passeport de l'Unesco, ça sera plus facile. Mais du

coup, je n'ai pas eu le temps d'adresser les pièces à Diane Barthes, à la Commission de pharmacovigilance.
— Comment est-elle ?
— Absolument intègre. Tu n'as pas à te faire de souci, elle ne se laissera impressionner par personne. Mais il faut bien préparer le dossier, et je n'ai pas le temps de le faire avant de partir, alors il faudra attendre mon retour...
— Quand rentres-tu ?
— Officiellement, la mission doit durer trois semaines. Ça peut être plus long...
— Et personne ici ne peut te relayer ?
— Personne qui soit suffisamment au courant de ce genre de problèmes... Les très bons ne restent pas dans les hôpitaux, tu sais. C'est plus lucratif de bosser dans le privé...
— Je sais... Et si je l'écrivais, moi, le rapport ? Tu me fais une lettre d'accompagnement avant de partir et je l'envoie avec les données mises noir sur blanc. Comme ça on ne perd pas de temps.
Larski avait regardé Charly, puis répondu :
— Pourquoi pas ? Tu as passé suffisamment de temps ici pour te souvenir de la procédure. Au besoin, si tu as des questions à me poser tu m'envoies un mail.

Le dossier 2002-51 est conséquent, mais Charly en a déjà vu de plus gros lors de son passage dans le service de Larski. Il n'a, de plus, aucun mal à déchiffrer la cursive penchée de son ancien maître devenu ami. Les cas déjà colligés par le Centre de pharmacovigilance se ressemblent de manière effrayante : comme Frédérique Niort, les quatre autres femmes avaient moins de trente-cinq ans, étaient enceintes de moins de trois mois, c'était leur première grossesse et elles n'avaient aucun antécédent. Toutes quatre ont été hospitalisées dans les mêmes circonstances – une hémorragie externe ou interne – et il a fallu plusieurs heures, pour deux d'entre elles, pour que le diagnostic soit fait, car le *placenta accreta* est une complication très rare. Aucune d'elles n'avait reçu de médicament particulier depuis trois mois. Pas d'irradiation, pas de chimiothérapie, pas d'accident, pas d'exposition à des toxiques, pas de métier à risque, bref, rien de rien pour expliquer leur sort. En revanche, elles ont un point commun : toutes ont consulté le Dr Garches, obstétricien au CHU de Tourmens, pour un problème de fertilité au cours des années écoulées. Deux ont bénéficié d'une fécondation in vitro – réussie – à la clinique des Dents-de-Lion, où il officie également, une autre a reçu une insémination artificielle par donneur au CECOS[1] régional et la quatrième a subi une stimulation ovarienne qui a immédiatement été suivie d'une grossesse.

Il est tard, mais Charly décroche le téléphone pour appeler M. Niort. C'est la voix traînante d'une femme âgée qui lui répond. Sans doute sa mère ou sa belle-mère. Elle lui passe Christophe Niort qui, entendant Charly, demande d'une voix forte :

— Vous avez du nouveau ?

— Pas encore, pas tout à fait, mais je suis… sur une piste. Je voulais vous demander si votre femme a consulté un gynécologue, le Dr Garches, avant sa grossesse ?

— Non, pas que je sache, elle me l'aurait dit…

— Vous… je suis désolé d'insister avec ça, mais vous avez fait la liste des médicaments qu'elle a pris depuis le début de sa grossesse, et même un peu avant ?

— Oui, j'ai tout ramassé dans un sac en plastique et je

---

1. Centre d'étude et de conservation du sperme, plus communément appelé « banque du sperme ».

passerai vous le donner. Je ne veux plus voir toutes ces merdes.

— Depuis... combien de temps avait-elle arrêté sa contraception ?

— Environ trois mois. On était heureux parce que dès qu'elle l'a arrêtée, elle a été enceinte... Elle s'est mise à avoir des nausées tout de suite, et elle est très vite allée voir le médecin pour être sûre et... mais pourquoi me demandez-vous ça ?

— Je ne sais pas, je cherche à découvrir s'il y a un rapport entre l'accident de votre femme et d'autres...

— Vous voulez dire qu'il y a eu d'autres accidents du même genre ?

— Il semble que oui. Mais ça pourrait être une coïncidence...

— Ah... La loi des séries, hein ? C'est ça ?

— Oui. Quelque chose comme ça...

Laura, 2

(Février 2002)

— Je comprends très bien votre inquiétude, mademoiselle... madame ?

Le gynécologue regarde Laura avec bienveillance.

— Mademoiselle, je ne suis pas encore mariée.

— Je comprends... Votre médecin a eu tout à fait raison de vous rassurer, cependant, je crois qu'à présent, il faut prendre les choses au sérieux.

— Vous pensez que c'est grave, docteur ?

Laura, dont l'angoisse est brusquement attisée, se redresse sur l'inconfortable fauteuil que lui a désigné le Dr Garches. Elle s'est un peu étonnée de se voir donner rendez-vous à la clinique des Dents-de-Lion, juste à la sortie de Tourmens, alors qu'elle pensait obtenir une consultation au CHU, mais la secrétaire lui a indiqué clairement que la seconde solution l'obligerait à patienter plusieurs mois.

— Evidemment, le Dr Garches prend des honoraires plus élevés à sa consultation privée, a-t-elle précisé, mais être rassurée et soignée, ça n'a pas de prix.

Laura a acquiescé, et la voilà assise dans une pièce plutôt froide, étrangement exiguë, comme si elle avait servi à autre chose avant de devenir un bureau. Garches est un homme d'une quarantaine d'années, à la peau mate, aux cheveux noirs légèrement gominés ; il arbore un sourire protecteur.
— Grave ? Non, bien sûr, mais sérieux.
— Je voulais aussi vous dire...
— C'est inutile, l'interrompt le médecin. Votre histoire ressemble certainement à celle de toutes les patientes qui me sont confiées. Alors, comme le temps presse, je vois que vous avez déjà vingt-sept ans, nous allons faire vite. Ce que vous avez à me dire a certes son importance, mais moins que les éléments proprement médicaux que je dois rassembler pour vous tirer de ce mauvais pas.

Il griffonne de vagues notes sur une fiche au nom de Laura.

— On va vous remettre des ordonnances. L'une d'elles comporte un médicament pour stimuler votre ovulation pendant un mois, et vous faire passer pendant ce délai un certain nombre d'examens : échographie utérine et ovarienne, hystérographie, et bien sûr toute une batterie de tests sanguins qui vont nous permettre de faire exactement le bilan de votre fertilité. Ainsi, la moindre carence sera parfaitement identifiée. Cela va bien entendu être un peu pénible, mais ensuite, nous serons fixés. Vous avez bien fait de venir me voir. La secrétaire va vous donner votre prochain rendez-vous. Surtout, faites bien tous les examens avant de revenir.

Il se lève brusquement et, avec le même sourire bienveillant mais finalement figé, fait le tour du bureau et ouvre la porte.

— Pourriez-vous faire entrer la patiente suivante, Madeleine ?

En sortant du cabinet de consultation, Laura regarde machinalement sa montre. Elle est arrivée à 10 heures. Après s'être présentée à la secrétaire, elle a passé un petit quart d'heure dans la salle d'attente. La consultation, elle, a duré sept minutes.

La secrétaire lui tend une facture.

— Vous payez par chèque ou en espèces ?

La note est salée. Quatre fois le prix d'une consultation chez son gynécologue habituel et comme le Dr Garches est en honoraires libres, la plus grande partie ne sera pas remboursée. Mais Laura est résolue à avoir un enfant. Elle a le sentiment que, pour elle et pour Luc, c'est indispensable. S'il faut en payer le prix, pourquoi pas ?

En échange de son chèque, la secrétaire tend à la jeune femme une liasse d'ordonnances. Elle lit la première et, étonnée, demande :

— Le Dr Garches m'a parlé d'un seul médicament. À quoi sert l'autre ?

— Le premier médicament, celui qui permet de stimuler votre ovaire, peut provoquer des nausées et des vomissements. Le second est là pour les empêcher. C'est une précaution, mais si vous vomissez sans arrêt, vous ne prendrez pas le traitement, et on ne pourra pas déclencher votre ovulation...

— Ah, d'accord, répond Laura, rassurée.

Le Dr Garches ne lui a pas fait une impression formidable, mais un médecin qui s'assure que ses traitements sont bien tolérés ne peut pas être un mauvais médecin...

Un crime dans la tête

Tourmens, Palais de justice, jeudi 22 août 2002

— Madame Basileu, est-ce que vous avez reçu le rapport de la gendarmerie ?

Watteau pose son parapluie derrière la porte et ôte son imperméable.

— Très bien, monsieur le juge, et vous ?

Le juge regarde sa greffière d'un air gêné.

— Pardonnez-moi, je suis préoccupé... Merci de me rappeler à l'ordre.

— Je ne fais qu'obéir à votre demande. Vous m'avez fait promettre de ne jamais vous laisser me traiter comme un meuble.

— Et vous faites bien... mais cette affaire me préoccupe beaucoup. Autant...

— Autant que l'affaire Goffin ?

L'imperméable dans les mains, il rit silencieusement.

— On peut dire ça. Même si je n'en fais pas une affaire aussi... personnelle.

— Même quand vous faites d'une affaire une affaire personnelle, ça ne vous empêche pas d'être juste, monsieur

Watteau. Quand vous avez commencé, pour l'une de vos premières affaires, l'assassinat de M. Hugues... j'ai bien senti qu'il y avait quelque chose de personnel.

— Nous n'en avons jamais parlé, pourtant...

Mme Basileu se lève, ouvre la porte de la grande armoire métallique et en sort un cintre. Elle prend délicatement l'imperméable des mains du juge et le pend derrière la porte.

— Non. Mais vous me connaissez, monsieur Watteau, je vois si les gens avec qui je travaille ne vont pas bien...

— Je sais...

— Le dossier de la gendarmerie est sur votre bureau. On me l'a remis hier pendant que vous étiez à la reconstitution du crime des Passereaux... Et comme, pour une fois, vous n'êtes pas repassé au palais ensuite...

Inquiet, il demande :

— Vous l'avez mis sur mon bureau hier soir ?

— Voyons, monsieur Watteau, bien sûr que non ! Je l'ai enfermé dans le coffre. Enfin, le petit, celui dont personne d'autre que vous et moi ne connaît l'existence. Je ne voulais pas que quiconque mette la main dessus avant que vous l'ayez vu. Et j'ai bien fait : quand je suis arrivée ce matin, « on » était passé dans nos bureaux...

Watteau se remet à rire, un peu plus fort cette fois-ci.

— Eh oui, voilà ce que c'est de construire des palais de justice sans prévoir de budget pour les serrures... Et vous voyez comme c'est curieux, madame Basileu, depuis l'affaire Goffin, la plupart de mes collègues ont une serrure. Mais pas moi.

— Peut-être parce que vous n'avez rien à cacher, monsieur Watteau.

— Peut-être...

*
* *

À première vue, le rapport de la gendarmerie sur l'accident du Pr Seryex ne contient rien que Watteau ne sache déjà : chronologie des faits, déclarations des témoins, description de l'état des véhicules, mesures au sol, etc. Le rapport est détaillé, mais quant à la mort mystérieuse du Pr Seryex, la gendarmerie reste sans voix : comment un homme a-t-il pu être tué d'une balle dans la tête dans une voiture fermée, par un agresseur qui se trouvait obligatoirement à l'extérieur, sans que cela laisse la moindre trace ? Et puis, un détail de l'examen du véhicule intrigue le juge d'instruction.

— Toulet ? Bonjour, mon vieux, c'est Watteau. Je viens de lire le rapport Seryex. Vous l'avez encore en tête ?

— Un peu ! J'ai passé la nuit à jouer au puzzle avec trois de ses vitres...

— Justement, je voulais vous parler de la vitre avant gauche...

— Celle du conducteur ?

— Oui. Je lis sur le rapport que vous avez trouvé du sang dessus.

— Oui, le sang de la victime...

— Il y avait aussi des cheveux. Ce ne sont pas des projections...

— Non, le sang a probablement été déposé quand il a appuyé la tête contre la vitre. Et comme il était étalé, ça signifie que la tête a ballotté d'avant en arrière et frotté dessus.

— Ça pourrait donc vouloir dire... qu'on lui a tiré dessus de l'extérieur et qu'il a roulé *après*...

— Je pense, oui.

— Il aurait reçu un projectile, refermé sa vitre ou sa portière et démarré ? C'est possible, ça ?

— Qu'un homme conduise avec une balle dans la tête ? Bien sûr. Tout est possible, et ça dépend de la trajectoire du projectile. Il faudrait poser la question à Llorca. Dès qu'il est question de morts qui marchent, il est imbattable.

La maison du Dr Édouard

Tourmens, 23 août 2002, 11 h 45

En disant à Christophe Niort que la mort quasi simultanée des cinq femmes est peut-être un hasard, Charly a menti. Il sait très bien – il a fait suffisamment de calculs de probabilité pour ça au début de ses études – qu'une complication aussi rare frappant en si peu de temps cinq femmes qui ne demandaient qu'à vivre *ne peut pas* être une coïncidence. Simplement, il ne voit pas ce qui relie Frédérique Niort et les quatre autres jeunes victimes. Le fait que ces quatre-là aient toutes eu un problème de fertilité est cependant troublant. Charly ne connaît pas le Dr Édouard Garches, et ce qu'il a entendu dire à son sujet ne lui a jamais donné envie de le croiser, mais en l'occurrence, il se dit qu'une rencontre s'impose. Quatre des patientes du gynécologue ont eu un problème médical majeur. Il est justifié, au moins, de l'en avertir.

La clinique des Dents-de-Lion se dresse au milieu de l'avenue de la République, principale artère bourgeoise de Tourmens. Flanquée de maisons de maître, elle est installée dans un ancien hôtel particulier racheté à prix d'or à la veuve d'un magnat de l'imprimerie. Dans l'entrée tapissée de marbre du sol au plafond, Charly se présente à deux hôtesses vêtues d'un uniforme rouge sombre qui lui sourient de tout leur rouge à lèvres. L'une d'elles le conduit vers un ascenseur caché, destiné aux hôtes de marque. Trois étages plus haut, elle le fait entrer dans une pièce qui ressemble plus à un salon qu'un bureau et lui propose de s'installer dans un superbe canapé.

— Le Dr Garches en a encore pour un petit quart d'heure... Voulez-vous boire quelque chose ?

Charly décline poliment. L'hôtesse sortie, il examine la pièce. Manifestement, le gynécologue vit sur un grand pied. Des lithographies de peintres renommés ; du mobilier contemporain griffé ; sur l'un des murs, une bibliothèque bardée de livres anciens. Il en ouvre plusieurs. Ils portent tous le monogramme EG, imprimé sur un marque-page ou à même la page de garde. D'après les renseignements que lui ont donnés les secrétaires de la maternité, Charly sait que Garches cumule habilement un poste à temps partiel au CHU, où il pratique un petit nombre d'interventions et reçoit trois fois par semaine plusieurs dizaines de consultantes, et son activité privée en clinique. On le soupçonne d'écrémer la clientèle de l'hôpital en rabattant sur les Dents-de-Lion les patientes les plus fortunées. Mais comme le système s'y prête, personne ne peut vraiment y trouver à redire. À cet égard, rien ne distingue Garches de dizaines d'autres spécialistes du pays. Il y a quelques mois, après la mort brutale de Goffin, le chef du département de gynécologie du CHU, assassiné dans d'étranges circonstances, Garches était considéré comme un de ses successeurs possibles. Contre toute attente, il n'a même pas postulé. Charly commence à comprendre pourquoi...

La porte s'ouvre, Édouard Garches entre et lui tend la main.

— Bonjour, pardonnez-moi mon retard, vous savez ce que c'est... Je ne crois pas que nous nous soyons déjà rencontrés ?

Charly serre sans enthousiasme la main de son interlocuteur.

— Non, je ne crois pas. Charly Lhombre. Je suis médecin généraliste. Enfin, en ce moment, je remplace un peu partout autour de Tourmens, et je viens vous voir pour vous parler d'une de mes patientes... et de plusieurs des vôtres.

— Aurions-nous des patientes en commun ? demande Garches, avec un étonnement où pointe un certain mépris.

— Pas des patientes. Des décès.

Garches blêmit.

— Que voulez-vous dire ?

— Une jeune femme dont je suivais la grossesse a fait un *placenta accreta* la semaine dernière. Je n'avais jamais vu ce type de complication au premier trimestre de la grossesse. En recherchant les cas similaires dans la base de données du Centre de pharmacovigilance – il faut dire que j'y suis passé pendant mon internat –, j'en ai trouvé quatre autres.

Il lui tend une feuille portant le nom et les antécédents des quatre patientes.

— Or, ces quatre jeunes femmes vous ont toutes consulté pour un problème de fécon...

— Suggérez-vous que je puisse être pour quelque chose dans leur décès ? rétorque sèchement le spécialiste.

— Loin de moi cette idée, je vous assure ! D'ailleurs, leurs grossesses n'ont pas toutes été obtenues par traitement... Mais je me disais que nous pourrions peut-être chercher ensemble le point commun entre nos cinq patientes... Et, pourquoi pas ? proposer la description de leur cas à une revue internationale. *Obstetrics*, par exemple… J'ai toujours rêvé de faire ça !

Surpris, Garches le dévisage. En entendant le mot « publication », il semble considérer le jeune médecin comme un petit truand proposant ses services à un vieux parrain. Le spécialiste reste un instant silencieux. Il pose la feuille sur la table basse, traverse la grande pièce, se dirige vers un meuble-bar, en sort une carafe et verse un liquide brun dans un lourd verre de cristal. Il avale l'alcool d'un trait, et Charly croit voir sa main trembler.

— Je doute que ce soit une bonne idée… Et je n'aurais guère le temps de rédiger un article scientifique en ce moment… Qu'est-ce qui vous fait croire que ces décès ne sont pas une pure coïncidence ? En avez-vous étudié la probabilité ?

— Non, ment Charly, et de toute manière je suis nul en statistiques… Vous avez raison, c'est peut-être une coïncidence… Et puis, on n'a jamais découvert la cause des *placenta accreta*, n'est-ce pas ?

— Exact. C'est une complication beaucoup trop rare pour qu'on puisse en identifier précisément la cause ou le mécanisme.

Il se rapproche de Charly et se penche pour ramasser la feuille.

— Je me souviens de la première de ces patientes… et de la troisième. Pour plus de détails, il faudrait que je consulte leurs dossiers et je n'ai guère de temps, en ce moment. Les deux autres ne me disent rien. En tout cas, leur grossesse n'a pas été suivie ici, je m'en souviendrais. Et elles n'ont pas été hospitalisées ici non plus, nous n'avons pas de plateau technique d'obstétrique.

— Vous n'accouchez pas vos patientes ?

Garches éclate de rire.

— Rarement. Je me contente de leur faire des enfants…

— Vous pratiquez des fécondations *in vitro* ?
— Entre autres. Beaucoup d'inséminations artificielles, aussi.
— Je me suis toujours demandé : quel est le pourcentage de réussite des FIV ?
— Le nôtre est excellent : près de cinquante pour cent de réussite alors que dans la plupart des autres centres, il ne dépasse pas quinze ou vingt pour cent. Je me demande d'ailleurs s'il n'est pas le meilleur du pays...
— Comment faites-vous ? siffle Charly, les yeux émerveillés. Vous avez développé une technique nouvelle ?
Garches secoue vivement la tête.
— Non ! Non, pas du tout.
Il semble réfléchir.
— Pour parler franchement, je pense que nous avons un biais de recrutement...
— Que voulez-vous dire ?
— Vous savez ce que c'est : beaucoup de femmes et de couples sont plus impatients que vraiment stériles. La plupart de nos patientes n'ont probablement pas de vrai problème de fertilité. Elles sont juste un peu stressées. Le temps de procéder à toute la batterie d'examens, avec ou sans intervention de notre part, elles finissent par être enceintes...
— Ah ? Vous croyez ?
— C'est décevant, n'est-ce pas ? Mais je ne voudrais pas vous induire en erreur... Souvent, les gens attendent de nous beaucoup plus que la médecine ne peut leur offrir... Je regrette de ne pas pouvoir vous aider et je ne voudrais pas vous bousculer, mais j'ai des consultations. Aviez-vous autre chose à me demander ?
Charly se lève.
— Oui... Serait-il possible de consulter les dossiers de ces patientes ? J'aimerais savoir si elles ne prenaient pas

toutes le même médicament, par exemple... Vieille habitude contractée au Centre de pharmacovigilance...

— Je ne crois pas que ce soit possible... Pour ma part, je suis débordé, et les dossiers ne doivent pas sortir de la clinique, et mes associés verraient certainement d'un mauvais œil qu'un praticien extérieur fouille dans leurs ordinateurs...

— Je comprends. Enfin, ça valait la peine d'essayer. La curiosité, vous comprenez ?

— Oui. Au revoir, monsieur...

— Lhombre. Charly Lhombre.

— C'est ça. Au revoir.

Et, avec une certaine nervosité, Garches met Charly à la porte.

Laura, 3

(Mars 2002)

« Non, Maman, elle n'est toujours pas enceinte, et j'aimerais bien que tu nous lâches un peu, tu comprends ? C'est déjà suffisamment pénible comme ça pour que tu n'en rajoutes pas !... Comment ça ? Mais c'est toi qui m'en parles sans arrêt, et je ne veux pas que tu fasses chier Laura tous les quatre matins en lui demandant comment ça va, si elle croit que ça va bientôt prendre, pourquoi le traitement ne lui fait rien et je ne sais quoi d'autre... Oui, je sais que tu es inquiète, mais il ne faut quand même pas exagérer, on n'a pas cinquante ans, elle et moi... Et d'ailleurs, rien ne dit qu'il y ait vraiment un problème, tous les médecins nous ont répété que c'était très fréquent, qu'il y a plus de couples pressés que de couples stériles... Pourquoi nous avons consulté un spécialiste ? Pour nous rassurer, pardi ! Et aussi parce que toi et sa mère vous n'arrêtiez pas d'en parler !... Oui, il lui a prescrit des examens. Beaucoup d'examens, beaucoup trop. Oui, beaucoup trop, j'en ai marre de la voir partie à tout bout de champ à la clinique, et puis ça coûte un pognon fou... Non, tout n'est pas remboursé, tu plaisantes ?... Quoi ???? Certainement pas ! Il n'en est pas question ! Je gagne ma vie, je peux payer, je ne tiens pas du tout à ce que tu t'en mêles... C'est définitif, n'insiste pas !... Non, elle dort, c'est pour ça que je t'ai répondu... Elle est fatiguée, parce qu'elle a subi un examen fatigant ce matin... Une hystérographie. Ah, tu en as eu une autrefois... Non, merci Maman, je ne tiens pas à le savoir... Je ne sais pas. Je te répète que je ne sais pas ! Il ne nous a rien dit. Il nous a seulement dit qu'il fallait faire un bilan complet. Oui, moi aussi. Oui, moi aussi j'ai eu des examens, et j'en aurai d'autres. Non... Non, Maman. Je n'ai pas envie d'en parler... On verra quand il nous aura donné le résultat de l'hystérographie. Oui... D'accord, je lui dirai. Bien. Oui. A bientôt. C'est ça. Au revoir. »

Le meilleur des mondes possibles, 3

Tourmens, Chaîne Canal 7
Bulletin d'informations du 23 août 2002

Un réseau de malfaiteurs impliqués dans un important trafic d'enfants entre l'Argentine et l'Europe vient d'être démantelé par Interpol et les services de police de plusieurs pays européens. Le réseau, constitué de membres de l'ancien Escadron de la Mort, groupuscule paramilitaire chargé de l'élimination des opposants sous la dictature de Pinochet, pratiquait le rapt d'enfants en bas âge et les revendait à prix d'or à des familles riches d'Européens en mal d'enfants. Entre 1976 et 1983, l'Escadron de la Mort avait organisé l'enlèvement systématique des enfants âgés de moins de quatre ans dans les familles d'opposants ou de citoyens argentins suspects d'hostilité envers le régime. Par l'intermédiaire de complicités dans l'administration de plusieurs pays européens, le réseau faisait adopter à prix d'or les enfants enlevés par des familles riches vivant en France, en Angleterre, en Allemagne, en Suisse et en Autriche. Au retour de la démocratie en Argentine, l'Escadron de la Mort a été dissous et un très grand nombre de ses membres ont été emprisonnés, mais plusieurs de ses principaux dirigeants ont passé la frontière et se sont « recyclés » en *poursuivant ces activités fort lucratives dans d'autres pays du continent sud-américain. L'enregistrement des naissances sur un registre d'état civil n'étant pas systématique, il était en effet aisé pour cette bande très organisée et dénuée de tout scrupule de profiter de la misère pour acheter à bas prix – ou, le cas échéant, enlever – des enfants en bas âge à leurs familles. Le trafic a pu continuer jusqu'à ces derniers jours, date à laquelle la filière a été démantelée au cours d'une intervention coordonnée par Interpol à l'échelon européen. Une centaine de personnes – membres des services de douane et de l'administration, avocats, policiers et médecins – ont été interpellées dans cinq pays. Le démantèlement de ce réseau pose la question des enfants illégalement adoptés au cours des vingt-cinq ans écoulés. Beaucoup de ces enfants sont aujourd'hui adultes et insérés dans la société. La révélation de leur origine risque de provoquer des bouleversements considérables dans les familles concernées. On estime en effet qu'entre 1979 et 2002, près de mille cinq cents enfants ont été ainsi enlevés à leurs familles.*

Trois hommes et un coup fin

Tourmens, 23 août 2002, 13 h 15

Watteau sort du Palais de justice et s'engage sur l'esplanade qui, comme tous les vendredis, grouille de monde. À l'autre bout de la grande étendue piétonne, le marché bat son plein. Les habitants de Tourmens sont rentrés de vacances et, depuis le début de la semaine, tout un petit monde s'affaire pour préparer la rentrée. Il fait beau et doux, le sol est encore humide de la pluie d'été tombée au petit matin.

Sans se presser, le juge traverse l'esplanade des Affranchis en direction du restaurant *La Fontaine*. Quand il a voulu joindre Llorca en fin de matinée, sa secrétaire de celui-ci lui a répondu que le légiste faisait cours à la faculté de médecine toute la matinée et ne serait de retour à son bureau qu'en début d'après-midi. Watteau a dit qu'il rappellerait, mais il n'en a pas l'intention. Il fréquente Llorca depuis suffisamment longtemps pour savoir que le vieux légiste affectionne le *La Fontaine*, sa patronne et ses plats. Le restaurant est réputé dans toute la région pour ses spécialités aux champignons venus du monde entier, et Llorca y a une table réservée. Avec un peu de chance, il devrait s'y trouver.

Watteau tapote sa veste pour vérifier qu'il a bien emporté son téléphone portable. Il tient à sa tranquillité mais il veut pouvoir être joint à tout moment. Mme Basileu lui a un jour déconseillé de dire où il allait, même à elle – « Ce qu'on ne sait pas ne peut pas faire de mal » – mais, évidemment, elle connaît son numéro. Elle est la seule, d'ailleurs...

— Enfin, soupire Watteau pour lui seul, sans oublier *Maman*...

Il rit de bon cœur en pensant à sa mère traversant le Tibet sur les traces d'Alexandra David-Neel et, sans se soucier du trafic, s'engage sur l'avenue Magne pour rejoindre le restaurant. Alors qu'il franchit le terre-plein central, il voit un homme brun vêtu d'une vieille veste de cuir entrer dans le *La Fontaine*.

Un coup de klaxon et un bruit de freinage font sursauter Watteau. Par la portière d'une voiture, un homme hurle : « Ça va pas, non ? » puis le contourne rageusement avec son véhicule. Watteau s'est arrêté net au milieu de la chaussée. Son cœur bat à tout rompre. Une sueur froide coule le long de son dos. Il rejoint à grand-peine l'autre côté de l'avenue et s'ébroue. Il ne croit pas aux fantômes, mais l'homme en veste de cuir qui vient d'entrer dans le restaurant... Il secoue la tête.

— Tu es mort, tu es bien mort, et ça fait très longtemps. Pourquoi est-ce que je continue à te voir partout ?

Frissonnant, Watteau entre à son tour dans le *La Fontaine*. La grande salle du restaurant est pleine à craquer. Il jette un regard circulaire afin d'identifier l'homme qu'il a aperçu et de mettre fin à son fantasme. Pas de fantôme à l'horizon. Il s'avance. Dans la pièce du fond, réservée aux habitués, il aperçoit Llorca. Assis devant une pièce de viande en sauce recouverte de morilles, le vieux légiste lève un verre empli d'un liquide rouge sombre et s'adresse au convive assis en face de lui.

— ... Et moi, je crois que c'est une coïncidence. Mais ton pote Larski a le droit de penser le contraire... Allez, à la tienne, mon grand !

Puis il aperçoit Watteau et lui fait signe.

— Ah, Jean ! Viens par ici que je te présente la jeunesse.

Le juge s'approche de la table. Le jeune homme assis face à Llorca est brun et a posé une veste de cuir sur le dossier de sa chaise.

— Jean, je te présente le Dr Charly Lhombre. Charly, voici Jean Watteau, dit « Saint Juge », magistrat instructeur au tribunal de Tourmens.

Charly tend sa main au juge.

— Enchanté ! Llorca me parle de vous sans arrêt et j'ai suivi l'affaire Goffin d'un bout à l'autre.

En sentant la main de Charly dans la sienne, Jean Watteau se met à trembler.

Llorca, qui a deviné le malaise du juge, se lève et fait asseoir le nouvel arrivant près de lui. Comme si de rien n'était, il lui verse un verre de bordeaux.

— Quel bon vent t'amène, petit Jean ?

Watteau saisit le verre et, pour se donner une contenance, l'avale d'un trait avant de répondre.

— La faim... et une autopsie.

— Ça va souvent ensemble, répond Llorca en riant. Quand je sors d'une autopsie, j'ai la dalle !

— Moi, c'est plutôt le contraire, murmure Charly Lhombre.

— C'est parce que t'as pas encore l'habitude. Quand tu te seras fait à ce boulot...

— Euh, je n'ai pas encore décidé de devenir légiste, Bernard...

— Mais si ! La médecine légale ça touche à la médecine

et à la justice ! Tu aimes passionnément les deux, donc tu es fait pour ça.

— Ouais, mais pas tout le temps... Je ne suis pas sûr d'avoir envie de voir des cadavres à longueur d'année. (Il pose son regard sur Watteau.) Vous, ça vous plaît, j'imagine ?

— Pas plus que ça, répond Watteau d'une voix éteinte. Et puis, je n'instruis pas que des meurtres...

— Mais l'affaire Goffin, c'est vous, non ?

Watteau regarde fixement Charly, puis se décide à lui accorder le bénéfice du doute.

— J'ai instruit l'affaire au début, puis j'ai été dessaisi...

— Mais autant que je me souvienne, insiste Charly, ça a fait du bruit... On n'a jamais retrouvé l'assassin ?

— Pas que je sache...

— En tout cas, il semble qu'un certain nombre de gens importants ont été éclaboussés, en ville !

— On peut dire ça ! s'esclaffe Llorca. Avant d'être dessaisi, Jean a fait démissionner le président du tribunal, le procureur de la République et une poignée de juges. Et un certain nombre d'avocats ont été radiés du barreau... À propos, Jean, tu ne veux pas manger ?

Watteau termine son verre et le pose bruyamment devant lui.

— Non. Parlons d'autre chose, voulez-vous ?

— Bien, chef, fait Llorca en engloutissant un énorme morceau de barbaque dégoulinant de sauce. De quelle autopsie veux-tu me parler ?

— Il vaudrait peut-être mieux qu'on en parle en privé...

— Nous n'avons pas de secret pour Charly Lhombre. Il suit une formation de légiste...

— Je suis assermenté, précise Charly.

— Bien, alors parlons du Pr Seryex...

— Ah ! Très intéressant problème. Et puis, j'ai rarement

le privilège d'intervenir sur un de mes voisins du dessous ! Donc, le professeur était un homme de cinquante-cinq ans, plutôt bien de sa personne, retrouvé mort dans son véhicule à la suite d'un accident de la circulation. La cause du décès est une hémorragie cérébrale, provoquée par un projectile entré derrière l'oreille...

— Je sais tout ça, Llorca. Ce qui me préoccupe, c'est de savoir comment Seryex a pu monter en voiture et faire trois kilomètres *après* avoir reçu cette balle.

Llorca enfourne une bouchée et désigne Charly.

— 'Manggde-lui...

— Lui ? Pourquoi ? demande Watteau.

— Parce que j'ai fait ma thèse sur le sujet, répond Charly. *Décès retardés après blessure mortelle, à propos de douze cas.* Sous la direction de Bernard Llorca.

— Vraiment ?

— Vraiment. Vous savez, ce qu'on voit dans les films, ce n'est pas vrai...

— Que voulez-vous dire ?

— Quand quelqu'un prend une balle, même de gros calibre, il ne fait pas la pirouette. Parfois, il ne tressaille même pas. Il peut même mettre un certain temps à réaliser qu'il a été touché, et continuer à se déplacer pendant plusieurs secondes, voire plusieurs minutes, avant de s'écrouler... C'est pour ça que les policiers américains sont entraînés à vider leur chargeur sur un suspect armé qui n'obtempère pas au bout de trois sommations. Ils savent qu'ils doivent absolument toucher un centre vital pour l'immobiliser... Faute de quoi, leur cible peut se mettre à tirer et faire beaucoup de dégâts avant d'être mise hors jeu...

— Vous voulez dire que c'est ce qui est arrivé à Seryex ?

— C'est tout à fait du domaine du possible... Le cerveau est un drôle d'instrument. J'ai lu le rapport d'autopsie. La balle était de petit calibre. Elle a glissé le long de la paroi osseuse et s'est logée devant le lobe frontal sans abîmer le cortex au passage. Si on lui a tiré dessus juste avant qu'il monte en voiture, son cerveau a pu se mettre en pilote automatique et il n'est pas invraisemblable qu'il ait conduit jusqu'à ce que l'hémorragie interne lui fasse perdre connaissance...

Watteau hoche la tête, perplexe.

— Qu'en pensez-vous, Llorca ?

Le légiste lève son verre et secoue la tête.

— J'ai présidé la thèse de Charly et je sais qu'on voit de drôles de trucs, comme ce forcené l'an dernier, qui a mitraillé son conseil d'administration *après* que les agents de sécurité lui ont mis trois balles dans le cœur et deux dans la caboche. Mais ça me paraît quand même un peu tiré par les cheveux. Bon, je n'ai jamais eu le permis, et je refuse de monter en bagnole avec les jeunes zozos comme Charly, qui prétendent pouvoir conduire les yeux fermés, mais je ne vois vraiment pas ce brave Seryex patauger dans le garage de l'immeuble, monter en voiture et prendre la rocade, le tout avec une balle dans le crâne. Tout en respectant les feux tricolores...

— Moi, si, déclare Charly. Je suis sûr que si on interroge la base de données des légistes américains, on trouvera des trucs de ce genre.

— Eh bien, je te laisse le soin de le faire ! J'y vais, j'ai du boulot.

Et, avec une brutalité qui les surprend tous deux, Llorca abandonne Lhombre et Watteau en tête-à-tête.

Les deux hommes restent sans rien dire. Au bout d'une minute, Charly rompt le silence.

— Voulez-vous un café ?

— Non, merci. Moi aussi, il faut que j'y aille.
Comme Watteau se lève, le jeune médecin tend un doigt vers lui.
— Je me demandais... Est-ce qu'on se connaît ?
— Non. Pourquoi me demandez-vous ça ?
— Quand on s'est serré la main, tout à l'heure, j'ai vaguement eu l'impression que vous me reconnaissiez...
Pour la première fois, Watteau sourit.
— C'était une... fausse reconnaissance. Vous me rappeliez quelqu'un. Un ami... mort il y a plus de vingt ans.
— C'est marrant, vous êtes le second qui me dit ça ! L'autre, c'est un copain généraliste que j'ai remplacé il y a quelques mois...
— Bruno Sachs ?
— Exactement ! Vous le connaissez ?
— Oui. L'homme dont je vous parle était un ami commun... Et il s'appelait Charly, comme vous.
Charly éclate de rire.
— Bruno ne m'avait pas dit ça ! Eh ! Je suis un enfant adopté, je suis peut-être son fils caché, alors ?
Watteau le regarde sans répondre, puis secoue la tête et soupire.
— J'en doute... Il est mort trop jeune. Et il n'était pas homme à abandonner ses enfants.

Le quatrième pouvoir, 2

Tourmens, Grand théâtre, 30 août 2002

Le rideau s'ouvre.
Sur la scène, trois sièges confortables ont été installés. Vêtue d'une robe lamée profondément décolletée et audacieusement fendue sur le côté, Elena entre côté jardin sous les applaudissements de la salle. Elle fait face au public qui retient son souffle lorsque ses lèvres rouges effleurent le fin micro qui s'arque devant sa bouche.
— Mesdames, mesdemoiselles, messieurs, nous sommes très heureux de vous accueillir aussi nombreux pour cette soirée de rentrée des *Rencontres de la Médecine* organisées par la Fondation Karl-Albert Shames.
La salle applaudit.
— Merci... C'est un plaisir de vous accueillir si nombreux, et nous remercions ceux d'entre vous qui ont fait l'effort de rentrer de vacances pour être parmi nous. La cause qui nous réunit ce soir est d'une grande importance, et votre présence témoigne de l'intérêt que vous lui portez... Nous voulons

remercier Mme le maire de Tourmens et tout le conseil municipal pour leur soutien logistique…
La salle applaudit de nouveau.
— Mais, sans plus tarder, voici… *Karl-Albert Sha-mès* !
La salle applaudit à tout rompre.
Shames entre à son tour, saisit la main d'Elena et, sans lâcher celle-ci, salue le public en s'inclinant très bas. Il attire la jeune femme vers lui, baise le bout de ses doigts, lui murmure quelque chose et incline la tête vers les coulisses. Le visage d'Elena se crispe imperceptiblement et la jeune femme quitte la scène pendant que Shames salue de nouveau et joint ses mains devant son visage pour remercier le public. Il ajuste son oreillette et sort de sa poche de petits cartons qu'il tient négligemment devant lui, l'air de rien.
— Merci… Merci… Merci à toutes et à tous d'être venus ce soir nous soutenir dans notre grande mission, faire de Tourmens la ville dont les enfants sont les princes… Avoir un enfant, quoi de plus merveilleux ? Pourtant, de nombreux couples sont privés de ce bonheur, pour des raisons médicales souvent complexes et difficiles à traiter. La science a fait de très grands progrès au cours des vingt dernières années, et la stérilité est une situation de moins en moins désespérée. Mais il s'en faut de beaucoup que toutes les femmes, tous les couples, bénéficient des dernières avancées médicales. C'est de cette constatation qu'est née l'idée de notre opération : « Un enfant pour chaque couple ». L'an dernier, lorsque nous avons lancé cette action unique en son genre, nous avons eu de grandes difficultés à faire admettre son intérêt aux pouvoirs publics. Mais certaines personnes, que je ne nommerai pas mais qui nous font l'honneur d'être présentes ce soir, ont usé de leur influence, en tout bien tout honneur, pour convaincre le conseil régional de la nécessité de mener cette action. J'ai donc le plaisir d'accueillir ce soir Mme le maire de Tourmens…

Sous les applaudissements, le maire de Tourmens apparaît côté jardin et entre sur le plateau. Shames l'installe sur un fauteuil à sa gauche.

— Mme le maire a été elle-même directement concernée par le grave problème de la stérilité et elle a accepté ce soir, pour la première fois, de nous en parler sans masque...

Nouveaux applaudissements. Shames consulte ses petits cartons.

— Merci d'accueillir également le Dr Édouard Garches, gynécologue spécialiste de la fécondité au Centre Hospitalier de Tourmens...

Croissance, 2

Tourmens, salle de réunion du laboratoire D&F, mercredi 24 avril 2002. Conférence d'information à l'intention des visiteurs médicaux.

Le responsable régional : Bonjour à tous, merci d'être venus aussi nombreux, y compris nos collègues féminines, qui pour certaines ont fait l'effort exceptionnel de nous rejoindre un mercredi. Pour celles d'entre vous qui ont dû trouver une solution de rechange pour garder leurs enfants, merci de bien vouloir remettre à mon assistante les justificatifs afin que nous puissions inclure la dépense dans votre prime trimestrielle. (Applaudissements.) Non, non, je vous en prie, vous et moi savons que c'est pour la bonne cause... Il s'est passé beaucoup de choses depuis le rachat de la société, mais je tiens à vous rassurer, nous tenons le bon bout et la bonne nouvelle, c'est que grâce à un de nos médicaments, D&F devient l'une des alliées les plus importantes du groupe WOPharma. Cette réunion est destinée, vous le savez, à passer en revue la stratégie de communication autour de la nouvelle indication de Pronauzine, à savoir la femme enceinte, pendant le premier trimestre de la grossesse. Je vous rappelle que l'autorisation de mise sur le marché a été étendue en mars, il y a un peu plus d'un mois, et nos visuels viennent d'être modifiés. Vous les avez tous reçus ? (Murmures d'approbation.) Bien... Alors venons-en au fait. Même si l'indication nausées et vomissements de la femme enceinte ne vient qu'en seconde position après les nausées induites par la radiothérapie et la chimiothérapie anticancéreuses *ou par d'autres médicaments*, il est bien évident que cette AMM étendue fait de la femme enceinte notre cœur de cible. Jusqu'ici, vous ne parliez de Pronauzine qu'aux praticiens concernés, spécialistes et cancérologues. À partir d'aujourd'hui, le premier interlocuteur, c'est le médecin généraliste. L'objectif est de faire la razzia sur le marché des anti-émétiques et de balayer la concurrence. Donc, j'attends de vous que vous ayez multiplié le nombre de boîtes délivrées au moins par trois d'ici la fin de l'année, et par six à la fin de l'année prochaine. (Murmures de vague protestation.) Des objections ??? (Silence.) Vous savez que le marché est dur, que la concurrence ne fait pas de quartier, et aussi que le nombre des visiteurs médicaux au chômage a augmenté de cinquante pour cent depuis l'an dernier. Ai-je besoin de vous préciser que la société ne s'encombrera pas de V.M. dont le nombre de boîtes délivrées n'augmente pas dans des proportions compatibles avec les objectifs de croissance. Pronauzine est dorénavant notre produit phare, et le groupe compte sur lui pour assurer sa pénétration sur le marché de la femme enceinte. Sans vous assommer de détails, sachez que, dans un futur proche, le groupe disposera de toute une gamme de produits spécifiquement destinés à la population féminine... de la puberté à la ménopause, et même au-delà... Car grâce aux progrès de la médecine, nous savons tous aujourd'hui qu'il y a *une vie après la ménopause* ! (Quelques rires gras.) La promotion de Pronauzine auprès des généralistes est la tête de pont d'une offensive beaucoup plus large. L'objectif, à long terme, est simple : chaque fois qu'un médecin verra une patiente pour un problème médical spécifiquement féminin – traitement des mycoses vaginales, traitement des cystites, problèmes cosmétiques, contraception, désir de grossesse, grossesse, accouchement, allaitement, traitement substitutif de la ménopause, etc. –, il devra immédiatement penser à un produit du groupe. Il est même question que les laboratoires D&F, société nationale la mieux implantée au niveau départemental en raison de son ancienneté, serve de première ligne pour les produits du groupe. Une question là-bas ?

Voix féminine dans la salle : Cela veut-il dire que nous serons amenés à présenter d'autres produits que ceux de D&F ?

Le responsable régional : À terme, certainement. C'est logique, et ça fait partie d'une stratégie globale qui consistera à présenter aux médecins généralistes l'ensemble des produits susceptibles d'être proposés aux patientes…

La voix féminine : Cela veut-il dire aussi que nous n'irons plus voir les spécialistes de ville ?

Le responsable régional : Non, ça veut dire que vous irez voir *de préférence* les médecins – généralistes et spécialistes – qui sont des prescripteurs importants pour les femmes : gynécologues, endocrinologues, gastro-entérologues, dermatologues, en particulier. Mais le principal interlocuteur sera le généraliste de premier recours. Il manque cruellement d'information sur tout ce qui concerne la gynécologie courante, la contraception et le suivi de grossesse, ce sera donc à nous de lui apporter cette information… Oui, là-bas ?

Une voix masculine : Pardonnez-moi cette question, mais si nous devons aller présenter Pronauzine aux généralistes, je voulais vous signaler que dans un de ses numéros, l'an dernier, la revue *Prescrire*[1] détaille les effets secondaires de Pronauzine et soulève les problèmes rencontrés avec la lévogrhémuline, dans les années 80...

(Silence.)

Le responsable régional : Je ne crois pas que ce soit un problème. Pronauzine n'est pas de la lévogrhémuline, mais de la *dextro*grhémuline. Elle est parfaitement fiable et ne présente aucun des inconvénients de la molécule initiale. Point final. Inutile donc d'y faire référence.

La même voix masculine (insistante) : Et si les généralistes à qui nous avons affaire nous sortent leur numéro de *Prescrire* ?

Le responsable régional (agacé) : Combien y a-t-il de généralistes abonnés à *Prescrire* en France ? Trois pelés et deux tondus. Si ceux-là font des objections, n'insistez pas. Concentrez-vous sur ceux qui prescrivent Pronauzine sans poser de questions, pas sur les quelques obsessionnels qui se masturbent en lisant les mentions légales au microscope. Une autre question ?

Une autre voix féminine : L'AMM étendue indique que « Pronauzine est indiquée dans le traitement des nausées intenses de la femme enceinte, généralement après échec des autres traitements ». Est-ce que ça veut dire que c'est un traitement de second recours en cas de nausées ?

Le responsable régional : Officiellement, oui. Mais quand vous ferez votre présentation il suffit de souligner l'absence d'effets secondaires neurologiques, allergiques et autres. Le médecin comprendra tout de suite qu'il vaut mieux utiliser Pronauzine que ses concurrents... Après

---

1. Revue sur le médicament destinée aux professionnels de santé français – pharmaciens et médecins. C'est la seule revue en France qui soit totalement indépendante de l'industrie pharmaceutique.

tout, un médicament bien toléré par les cancéreux est forcément sans danger pour la femme enceinte !

La voix masculine : Est-on absolument sûr de l'absence d'effets secondaires sur l'embryon ?

Le responsable régional (de nouveau très agacé) : Évidemment ! Vous croyez que la spécialité aurait décroché une extension de son AMM, sinon ??? Qu'est-ce qui vous pose problème, exactement ?

La voix masculine : Moi, j'ai pas envie de me retrouver dans cinq ans avec une nouvelle affaire du thalidomide[1]...

(Brouhaha dans la salle.)

Le responsable régional : Du calme, du calme ! Il n'y a strictement aucune raison d'imaginer une telle catastrophe. Vous savez parfaitement que la molécule a été testée en long, en large et en travers chez l'animal et, chez la femme, l'étude de phase IV faite au Chili l'an dernier a montré l'absence totale d'effet tératogène...

La voix masculine : Mais elle a montré des effets secondaires...

Le responsable régional : Oui, comme toutes les études de phase IV. C'est à ça qu'elles servent. Mais vous savez bien que la plupart des effets ont été attribués aux particularités génétiques des populations traitées...

(Silence).

Le responsable régional : Quoi ?

La voix masculine : ... pas persuadé que...

---

1. Le thalidomide fut commercialisé à la fin des années 50. Il était censé aider les femmes enceintes à dormir et à calmer leurs nausées matinales. En 1961, on découvrit qu'il avait entraîné une malformation grave (la phocomélie) chez plusieurs dizaines d'enfants : leurs bras et leurs jambes ne s'étaient pas développés normalement pendant leur vie fœtale. L'utilisation du thalidomide fut alors interdite chez la femme enceinte. Le thalidomide continue cependant à être utilisé dans des situations très précises, car c'est un traitement actif de maladies rares et graves, en particulier la lèpre.

Le responsable régional : Dites-moi, mon vieux, est-ce que vous avez remis votre bilan trimestriel à mon assistante ?

(Grand silence.)

Le responsable régional : Bien, alors s'il n'y a pas d'autre question sur le sujet, je pense que nous allons pouvoir passer à la partie agréable de cette rencontre. Nous avons un petit film à vous montrer. Il synthétise l'ensemble des messages que nous voulons faire passer aux médecins et aux pharmaciens – il ne faut surtout pas mésestimer la place du pharmacien dans le conseil thérapeutique – pour améliorer la pénétration de Pronauzine sur un marché encore en grande partie inexploité. Gérard ? Vous voulez bien nous passer le film ? Merci.

Le quatrième protocole

Tourmens, Caisse primaire d'assurance maladie,
4 septembre 2002

— Tiens ! s'exclame Roger Comte en levant les yeux de son écran et en apercevant Charly sur son seuil. Quel bon vent t'amène, toubib ?
Il se lève, fait le tour de son bureau et invite Charly à entrer.
— Salut, Roger. Un vent de discorde... répond le jeune médecin.
— Pas avec moi ! Il ne me viendrait certainement jamais à l'idée de te chercher des noises !
— Non, pas avec toi... J'ai besoin de ton avis éclairé sur le système sanitaire national.
Comte éclate de rire.
— Je ne sais pas si tu frappes à la bonne porte. Que veux-tu savoir ?
Charly se laisse tomber dans un fauteuil et se frotte les mains l'une contre l'autre comme pour les réchauffer.
— À vrai dire, je ne sais pas si j'ai le droit de savoir ce que je veux savoir.

Les yeux de Comte se mettent à briller.

— Explique-toi, ça m'intéresse. Je m'ennuie tellement, ici !

— La médecine administrative, ça n'est pas passionnant ?

— Pas vraiment. Recenser l'activité de nos pauvres camarades généralistes et leur envoyer un courrier pour leur dire qu'ils prescrivent trop de cures à Luchon ou trop de massages, ça n'est vraiment pas l'idée que je me faisais de la santé publique... Mais mes états d'âme n'ont pas d'intérêt. Qu'est-ce que je peux faire pour t'aider à gripper le système ?

Charly sourit. Plus que leurs choix de carrière divergents, c'est l'amertume de son ancien camarade de faculté qui les a éloignés l'un de l'autre, mais il a toujours apprécié Comte, et Comte le lui rend bien. Charly sait surtout qu'il peut lui parler sans détour.

— Voilà : je cherche à savoir si cinq femmes ayant fait la même complication obstétricale ont des points communs... Or, je n'ai accès qu'à un des cinq dossiers.

Il sort de sa poche un papier plié en cinq.

— Voici les cinq noms. La première est ma patiente. Les quatre autres ont été suivies à la clinique des Dents-de-Lion.

Comte lui prend le papier des mains et sourit de toutes ses dents.

— Je vois. Nos petits copains obstétriciens ne veulent pas livrer le contenu de leurs pensées intimes. Qu'est-ce que tu veux savoir exactement ?

— Eh bien, quels médecins elles ont vus, quels soins on leur a faits, quels médicaments elles ont pris...

— On peut te trouver ça. À condition qu'elles soient assurées sociales.

— Elles le sont. Et comme celles auxquelles je m'intéresse ont fait l'objet de bilans de stérilité, je pense qu'elles ont toutes laissé des traces dans les fichiers de la CPAM.

— Eh bien, on va le savoir tout de suite.

Et, le nez pointé vers l'écran de son moniteur, Roger Comte se met à taper.

*
* *

Charly insère la disquette dans le lecteur de sa vieille bécane. Merveille de l'informatique qui permet de trimbaler des centaines de pages d'information dans un petit carré de plastique. Mais les dossiers médicaux des quatre patientes du Dr Garches n'en contiennent pas tant. Ils sont si succincts, en fait, que Charly s'étonne. Ces femmes ont-elles *vraiment* consulté Garches pour stérilité ? En dehors de quelques examens de routine – bilan sanguin, échographie – le spécialiste ne les a pas vraiment assommées de procédures. Et les deux qui ont bénéficié d'une fécondation in vitro ont été enceintes dès la première tentative ! Garches lui avait déclaré que son taux de réussite était important, mais là, ça tient quasiment du miracle. La plupart des femmes qui subissent une FIV doivent remettre ça à plusieurs reprises pour qu'une de leurs grossesses tienne...

Outre la liste des consultations et examens pris en charge par la Caisse au profit des quatre patientes, les dossiers informatisés dont Roger Comte lui a fait des copies contiennent évidemment un relevé des médicaments qui leur ont été remboursés. Sans conviction, Charly la parcourt. Et, brusquement, il remarque la présence du même produit chez trois des femmes. Le même médicament pour traiter les nausées. Bah, rien d'étonnant à ce qu'une femme enceinte prenne un antinauséeux... Mais quelque chose le chiffonne. Il se creuse la cervelle pendant un bon moment avant de mettre le doigt dessus.

— Ah, ça, c'est bizarre...

Pensif, il décroche son téléphone et compose un numéro qu'il connaît bien, celui de la maternité du centre hospitalier de Tourmens.

— Bonjour, Claudine, c'est Charly Lhombre. Vous allez bien ? Tant mieux. Est-ce que vous pourriez me trouver l'interne de garde ? Elle est près de vous ? Quelle chance. Merci...

La voix est celle d'une jeune femme. Charly se présente, échange quelques mots avec elle et embraye :

— J'ai été interne à la Mat' il y a deux ans, je connais ça !... Dites-moi, je suis en remplacement en ce moment et j'ai une patiente enceinte de trois mois qui vomit de manière assez importante, et je crois que depuis deux ans, les méthodes ont beaucoup évolué en pareil cas. Est-ce que vous avez des protocoles particuliers, ou chaque gynéco fait ce qu'il veut ?

— Nous avons mis un protocole au point pour que les sages-femmes et les infirmières n'aient pas à nous courir après sans arrêt. On leur pose une perf et on leur administre...

La jeune interne lui récite la procédure.

— Je vois. Vous n'utilisez jamais la Pronauzine ?

— Non. Elle n'est pas autorisée chez la femme enceinte.

— Ah, bon ? Il me semblait pourtant...

— Oui, vous avez raison, mais c'est tout récent. Et notre protocole a déjà plusieurs mois. Il a bien été question de le modifier, mais un des médecins du comité consultatif s'y est opposé, et les protocoles sont toujours établis de manière consensuelle.

— Ah bon, et qui s'est opposé à ce que le protocole soit modifié ?

— Le Pr Seryex.
— Le pharmacologue ? Celui qui est mort dans un... accident ces jours derniers ?
— C'est ça. Il disait qu'on ne connaît pas encore la dose optimale de Pronauzine qui permettrait de l'inclure dans un protocole systématique de traitement des vomissements incoercibles...
— Bon. C'est une bonne raison d'être prudent ! Eh bien, je vous remercie.

Et, de plus en plus perplexe, Charly raccroche.

Interrogatoire

Tourmens, Palais de justice, 5 septembre 2002
Transcription d'interrogatoire.

M. le juge Watteau : Interrogatoire de M. Antony Delhomme, suite, après une brève interruption. On peut continuer ?

Le témoin : Oui, je suis désolé, d'habitude je prends mes précautions, mais là, j'avais peur que vous ne me trouviez pas dans la salle d'attente pendant que j'étais aux... toilettes, et quand vous êtes venu me chercher j'ai pas osé... C'est pas marrant à mon âge, les problèmes de prostate, j'ai que cinquante-quatre ans et c'est la première fois que je suis convoqué chez un juge d'instruction alors, vous comprenez...

Watteau : Je comprends...

Le témoin : Mais là, c'est bon, on peut continuer, Votre Honneur.

Watteau (avec un petit rire) : Euh... « Votre Honneur », c'est le terme utilisé en Amérique. Ici, en principe, on dit « Monsieur – ou Madame – le juge »... Personnellement ça m'est égal, mais faites attention si un jour vous témoignez devant un tribunal... J'ai des collègues qui le prennent mal...

Le témoin : Euh, oui votr... monsieur le juge.

Watteau : Donc, au cours de la première partie de cet interrogatoire, vous nous avez dit que le Pr Seryex avait passé la nuit au laboratoire de pharmacologie la veille de sa mort.

Le témoin : Ben, ça fait des années que je travaille là, et je ne l'ai jamais vu arriver avant moi. Moi, j'arrive toujours à 7 h 30 pour vérifier le matériel, remettre en marche les ordinateurs qui se sont parfois plantés pendant la nuit, vérifier que les appareillages sont réglés, et c'est vrai que le professeur arrivait tôt, vers 8 heures ou 8 h 15, mais c'était la première fois que je le trouvais endormi sur le canapé de son bureau – la porte était ouverte, autrement je ne l'aurais pas vu...

Watteau : Il dormait ?

Le témoin : Autant que je sache, oui. Et puis, j'imagine que les bips des machines que je réinitialisais ont dû le réveiller, parce que je l'ai vu sortir du bureau avec une grande enveloppe sous le bras, et en me voyant, il a sursauté comme si j'étais un fantôme. Je lui ai dit bonjour et quand il m'a reconnu, il a eu l'air soulagé. Il m'a demandé si ça faisait longtemps que j'étais là, je lui ai dit que non.

Watteau : Quelle heure était-il ?

Le témoin : Pas loin de 8 heures. Je lui demande si ça va – je ne le trouvais pas très frais, forcément... – et il me dit qu'il a travaillé tard, et qu'il rentre chez lui se changer. Et puis le téléphone sonne, il répond, je l'entends crier : « Merde ! Allez vous faire foutre ! » et il raccroche. Au bout de deux ou trois minutes, il sort de son bureau, je le vois entrer dans l'ascenseur, je l'entends dire : « Merde » encore une fois, et voilà. Je ne l'ai pas revu ensuite. Je me suis dit qu'il n'allait vraiment pas bien parce que je ne l'avais jamais entendu jurer, depuis quinze ans que je bosse là. Ça m'arrive souvent de le croiser et c'est un monsieur qui ne perd jamais son sang-froid. Alors, deux fois « Merde » en moins de cinq minutes... Un moment, je me suis dit qu'il allait peut-être remonter...

Watteau : Ah, bon ? Pourquoi ça ?

Le témoin : Ce matin-là, il tombait des trombes d'eau, vous savez, c'était le lendemain du grand orage. Quand je suis entré dans le sous-sol avec ma camionnette, il y avait cinq centimètres d'eau. Bon, moi j'ai l'habitude, je sais que l'eau redescend très vite, alors je me suis garé quand même, mais je me suis dit que si le professeur s'énervait parce que sa bagnole ne démarrait pas, il viendrait peut-être me demander un coup de main. Ça lui est déjà arrivé de laisser ses codes allumés et de retrouver sa batterie à plat... Mais il est pas remonté et quelques minutes plus tard, en regardant par la fenêtre j'ai aperçu sa vieille BMW sortant par la rampe du garage, et se diriger vers la rocade... Il a dû quand même avoir du mal à démarrer... Je regrette qu'il soit pas venu me chercher. J'aurais jamais imaginé...

Watteau : Mmhhh. C'est tout ?

Le témoin : C'est tout, monsieur le juge.

Watteau : Est-ce que vous avez constaté autre chose d'inhabituel dans le service après le départ du Pr Seryex ?

Le témoin : Non, il n'y avait rien de particulier. Son bureau était plutôt mieux rangé que d'habitude... Il avait sûrement eu le temps de mettre de l'ordre.

Watteau : Pourquoi dites-vous ça ?

Le témoin : Parce qu'il avait passé la nuit dans le service. Sa voiture était garée au sous-sol, qui ferme à 20 heures et ne rouvre qu'à 7 heures. Quand je suis arrivé, elle y était, c'était la seule dans le garage, qui est tout petit et, comme je vous l'ai dit, il dormait sur le canapé de son bureau. Ça m'a

étonné de voir sa voiture, d'ailleurs, vu qu'il se gare toujours à la faculté de médecine en principe...
Watteau : Même pendant les vacances ? Il ne donne pas de cours en août, tout de même ?
Le témoin : Non, mais il passe beaucoup de temps au secrétariat de la faculté parce qu'il s'occupe des étudiants en médecine qui ont eu des difficultés pendant l'année, ou des problèmes de santé, et qui ont manqué des stages ou raté leurs examens... Depuis trois ans qu'il s'occupe d'eux, il se gare toujours à la fac. Il passe un moment le matin au bureau des étudiants pour parler avec leurs délégués, et il y retourne après 17 heures pour discuter avec ceux qui ont pris rendez-vous avec lui... Cela dit, il n'y est peut-être pas allé ce jour-là. On était en plein mois d'août...
Watteau : Bien. Une dernière chose : avez-vous le sentiment que le Pr Seryex était soucieux, ces derniers temps ?
Le témoin : Non... Enfin pas plus que d'habitude. Il venait de finir l'analyse d'une grande étude pour un laboratoire, ça l'avait beaucoup pris, mais tout s'était terminé au mois de juin. Il faudrait peut-être demander au Dr Lasne, elle en sait certainement plus que moi.
Watteau : Qui est le Dr Lasne ?
Le témoin : C'est la... la principale collaboratrice du professeur. Elle connaît tous les dossiers en cours. Vous ne l'avez pas encore convoquée ?
Watteau : Non. J'aurais dû ?
Le témoin : Eh bien... le professeur et elle se connaissaient très bien. Ils étaient très amis, si vous voyez ce que je veux dire... Enfin, je ne veux pas être indiscret.
Watteau : Je comprends... Ma greffière va vous donner un exemplaire de votre déposition. Vous voudrez bien la relire et nous la signer...
Le témoin : Oui, monsieur le juge.

*
* *

Watteau referme la porte et se tourne vers sa greffière.

— Madame Basileu, pourriez-vous me sortir les procès-verbaux dressés sur les lieux de « l'accident » du Professeur ?

— Oui, monsieur Watteau. Je peux vous poser une question ?

— Je vous en prie...

— Pourquoi continuez-vous à parler d'accident ? Je veux dire : pourquoi cacher que c'est un assassinat ?

— Je ne le cache pas vraiment. Tant que les conclusions de l'autopsie ne sont pas connues, je me garde des spéculations hâtives, c'est tout...

— Mais vous les connaissez, ces conclusions...

— Moi, oui. Le procureur également. Mais est-ce que nous avons envie de les révéler au plus vite ? Je ne crois pas. Si nous les révélons à la presse, ça va créer beaucoup d'agitation. En gardant le silence quelques jours...

— Ça fait déjà trois semaines...

— Oui, mais il y a eu le pont du 15 août, la rentrée... Enfin, si quelqu'un bouge, on le verra. Si tout le monde s'affole en même temps, on ne repérera rien. Seryex n'a pas de famille proche. En ne disant rien pour le moment, nous ne portons tort à personne...

— ... Oui. Peut-être... Voici le dossier, monsieur. Vous y cherchiez quelque chose en particulier ?

Le juge ouvre le dossier et le feuillette rapidement.

— Oui... L'inventaire de la voiture.

— Le professeur n'avait pas de grande enveloppe avec lui, si c'est ça que vous cherchez.

Watteau éclate de rire.

— J'aurais dû vous poser la question d'emblée ! Comment faites-vous pour vous souvenir de tout ça ?
— Je ne sais pas. En tout cas, je ne fais pas d'effort. C'est comme ça depuis que je suis toute petite. Je lis quelque chose une fois et, si j'ai décidé de m'en souvenir, je m'en souviens. Sinon, je l'oublie...
— Ça me rend vraiment service... Vous me faites gagner beaucoup de temps, vous le savez ?
— J'en suis très heureuse, monsieur Watteau. J'aime travailler avec vous et je serais désolée de vous compliquer les choses... À propos de la voiture, l'inventaire mentionne un morceau de papier kraft qu'on a trouvé par terre près du véhicule... Il se trouve parmi les pièces à conviction...

Mme Basileu s'est levée et a ouvert une armoire blindée contenant de grandes boîtes métalliques à dossiers. L'une d'elles porte le mot « Seryex ». La jeune femme l'ouvre avec une clé qui ne la quitte jamais et en sort une série de sachets transparents similaires à des sacs de congélation.
— Le voilà.

Watteau examine le morceau de papier kraft et regarde sa greffière.
— Vous avez une idée derrière la tête ?
— Depuis que vous avez invité ce monsieur de Las Vegas, pour faire des conférences au département de police judiciaire de Tourmens, les policiers en tenue et les inspecteurs *ramassent absolument tout*. D'après le bordereau, ce morceau de papier se trouvait *à l'extérieur* de la voiture du professeur, sur les lieux de la collision. Quand j'ai rangé les pièces à conviction, je n'y ai pas prêté attention, mais en entendant votre témoin parler de la grande enveloppe, je m'en suis souvenue...
— Mais s'il se trouvait à l'extérieur, comment pourrait-il avoir un rapport avec le professeur ?
— C'est un coin d'enveloppe déchiré. Regardez ces traces

noires et la pliure du papier. Ne pensez-vous pas qu'il a pu rester coincé dans la portière et tomber à l'extérieur quand on l'a ouverte pour en sortir le Pr Seryex ? On pourrait peut-être demander à Toulet et à ses techniciens de l'identité judiciaire d'y jeter un coup d'œil ?

Watteau sourit de toutes ses dents.

— Madame Basileu, si le mariage faisait partie de mes projets, je vous demanderais de m'épouser !

Et Clémentine Basileu éclate d'un de ces rires tonitruants qu'on entend sous les tropiques.

Le meilleur des mondes possibles, 4

Tourmens, Chaîne Canal 7
Bulletin d'informations du 7 septembre 2002

Pourra-t-on bientôt choisir le sexe des enfants à la carte ? Plusieurs couples français sont en passe de choisir le sexe de leur enfant à venir grâce aux services d'un endocrinologue luxembourgeois. Le Pr Frédéric Bluztsman, qui exerce également dans le secteur privé, a en effet, depuis plusieurs années, recours aux services d'une société américaine spécialisée dans le tri des spermatozoïdes pour déterminer, à la demande de ses patients, le sexe de plusieurs bébés à naître. Depuis le début de l'année 2002, une vingtaine de couples européens parmi lesquels sept couples français se seraient ainsi adressés au spécialiste. La technique utilisée par le Pr Bluztsman semble beaucoup plus performante que les techniques antérieures, d'efficacité limitée. La procédure est simple : un don de sperme du père est « trié » grâce à des techniques particulières fondées sur la composition chimique du sperme et la vitesse de déplacement des cellules mobiles qui, on l'ignore souvent, diffère selon qu'il s'agit de spermatozoïdes « X » (qui donneront une fille) ou « Y » (qui donneront un garçon). Le Pr Bluztsman, accusé d'eugénisme, se défend en affirmant que le tri des spermatozoïdes se justifie lorsqu'il a vocation à éviter la survenue de maladies génétiques liées au sexe chez des enfants dont les deux parents sont porteurs du gène. Cependant, d'après plusieurs témoignages, la majorité des couples qui demandent une « sélection spermatique » – c'est le terme utilisé officiellement – n'ont aucun antécédent génétique inquiétant. Les services du Pr Bluztsman sont, bien évidemment, payants – près de 15 000 euros pour le recueil d'un seul don de sperme de l'homme et l'insémination de la femme par les paillettes « sélectionnées ». Pour le moment, la procédure n'est donc pas à la portée de tout le monde. Mais, faisait remarquer l'un des pères, qui a préféré garder l'anonymat : « C'est un investissement à long terme et ça n'est pas plus cher que d'acheter une bonne voiture. »

India Song

Château de Lermignat, Sully-lès-Tourmens,
dimanche 15 septembre 2002

À demi assise au fond d'un lit immense, Mme de Lermignat est pâle. Quelques gouttes de sueur perlent à son front et elle hoche la tête avec un bon sourire.
— Ça va passer, docteur, je suis sûre que ça va passer...
Charly la regarde avec quelque perplexité. Il ne comprend pas ce qui arrive à cette vieille dame digne. L'amie pharmacienne qui prenait le thé avec elle l'a vue brusquement se tasser sur sa chaise et glisser sur le sol. Elle l'a aidée à monter dans sa chambre et a aussitôt appelé le cabinet médical de Sully. En arrivant, Charly lui a pris la tension à plusieurs reprises, et vient de lui faire un électrocardiogramme qui semble normal. Mais cette oppression et ces sueurs qui ne se tarissent pas l'inquiètent. Elle pourrait être en train de faire un infarctus.
— Heureusement que vous êtes venu tout de suite, dit l'amie éplorée à Charly. Sinon, je ne sais pas ce qui se serait

passé... Ah ! comme c'est bête. Je suis pharmacienne et je n'arrive même pas à prendre soin de ma plus chère amie...
Charly ôte le stéthoscope de son cou et s'adresse à la vieille dame à demi assise.
— Eh bien, je ne sais pas exactement ce qui vous arrive, madame, et je suis bien embêté... Est-ce que vous faites souvent ce genre de malaise ?
Mme de Lermignat secoue la tête.
— Non, non, c'est très rare. Une fois par an... pas plus.
Charly croit voir un sourire s'ébaucher au coin des lèvres de la vieille dame. Vieille... mais très bien conservée. À soixante-dix-huit ans, elle en paraît à peine plus de soixante. Grande, belle, très digne et manifestement en très bonne santé, Mme de Lermignat lui fait irrésistiblement penser à l'une de ces amazones exploratrices qui, au tournant du XIXe siècle, entreprenaient de pénétrer à Khartoum ou à Lhassa en se faisant passer pour un homme...
Pris d'une soudaine inspiration, il se tourne vers l'amie éplorée.
— J'ai vu que vous preniez le thé... Pourriez-vous aller me chercher deux ou trois morceaux de sucre ?
— Mais oui, docteur, tout de suite !
La pharmacienne sort de la pièce. Quand il retourne la tête vers sa patiente, les yeux de Mme de Lermignat sont grands ouverts et le scrutent intensément. Gêné, il essaie de changer de sujet.
— Vous avez des enfants ?
— Un fils. Il avait trois ans quand son père est mort. J'ai été veuve très tôt... J'avais trente-cinq ans.
— Et vous vivez seule, dans ce grand château ?
— Non. Mon fils vit ici, lui aussi...
Charly ne dit rien. Vivement, la vieille dame ironise :
— Oui, je vous entends penser : « Encore une mère abu-

sive qui a gardé son fils près d'elle pour se consoler de sa solitude ! » Eh bien, vous faites fausse route, jeune homme !

Charly rougit.

— Je... Ce n'est pas du tout ce que je pensais.

— Allons donc ! Et que pensiez-vous donc ?

— Je ne sais pas si je peux me permettre...

Mme de Lermignat pose sa main sur celle de Charly. Une main ferme mais chaleureuse.

— Allons ! J'ai presque quatre-vingts ans. Vous ne croyez tout de même pas que vous allez me choquer ?

Charly secoue la tête.

— Non, bien sûr. Je pensais... Je pensais, à vrai dire, que vous n'aviez pas du tout l'air d'une femme qui serait restée chez elle pendant quarante ans.

Il fait un geste circulaire pour désigner la chambre de la vieille dame.

— Tous ces objets... Vous avez voyagé, on dirait ?

— Oui, je voyage beaucoup depuis que je suis veuve... Et mon fils n'habite pas dans la même partie du château. Il nous arrive d'ailleurs de ne pas nous voir pendant des semaines. Moi, je suis souvent par monts et par vaux, et lui a un travail très prenant.

— Que fait-il ?

— Il travaille à Tourmens... Un métier difficile...

— Mmhhh...

— Tenez, docteur !

La pharmacienne vient d'entrer, tenant devant elle une soucoupe contenant une demi-douzaine de sucres. Charly en prend trois, les met dans un verre posé sur le chevet de la vieille dame et verse de l'eau par-dessus.

— Merci... Tenez, madame de Lermignat, avalez-moi donc ça.

— Du sucre ? Sûrement pas.

— Ordre du médecin.

— Je préfère mourir sur-le-champ...
— Vous n'allez pas mourir, mais vous allez vous sentir mal pendant un bon moment si vous ne faites pas ce que je vous dis. Plus vite vous irez mieux, plus vite vous serez débarrassée de moi !
— Débarrassée d'un beau jeune homme comme vous ? Je crois que je préfère mourir !
Charly éclate de rire.
— D'accord, mais d'abord, avalez-moi ça !
— Je vais abîmer mon dentier !
— Vous n'avez pas de dentier et vous pourrez aller vous brosser les dents dans cinq minutes. Allez !
Sans lâcher Charly, la vieille dame prend le verre de l'autre main et s'exécute. Au bout d'une minute ou deux, ses sueurs cessent. Charly hoche la tête.
— Mmmhh. C'est bien ce que je pensais...
Il se tourne vers la pharmacienne.
— Pardonnez-moi, mais pourriez-vous me laisser seul avec madame de Lermignat ?
— Oui, docteur... Je vais attendre en bas.
— Ce n'est pas nécessaire, chère amie, répond la vieille aristocrate sur un ton un peu sec. Il vaut mieux que vous rentriez chez vous, on vous attend. Pourriez-vous simplement laisser un message à mon fils sur son téléphone portable ? Le numéro est inscrit sur le téléphone du salon...
— Oui, oui, bien sûr.
La pharmacienne s'approche du lit, se penche vers son amie et l'embrasse sur la joue.
— Remettez-vous bien...
— Je n'y manquerai pas. Au revoir, Marie-Christine.
Quand elle entend la porte d'entrée se refermer, Mme de Lermignat pousse un profond soupir.
— Quel pot de colle, cette pauvre Marie-Christine !
— Elle se faisait du souci pour vous...

— Oui, je sais, mais quelle idée de débarquer sans prévenir. Et aujourd'hui, en plus...
— Aujourd'hui ? Vous voulez dire, le jour où vous avez décidé de jeûner...
— Comment avez-vous deviné ?
— Je suis médecin, ça fait partie des choses que je devine sans mal. Et puis je sais quel jour on est...
— Vous êtes israélite ?
— Vous pouvez dire « juif », ça n'est pas un gros mot...
— Pardonnez-moi, c'est mon éducation...
— Oui, je suis juif. Mais vous ?
— Moi ? Malheureusement non, j'ai été élevée dans la pire des religions, le catholicisme de la vieille France féodale. Ça m'a dissuadée de croire en Dieu. Non, si vous voulez tout savoir, je jeûne... en souvenir d'un ami.

Brusquement, elle lâche la main de Charly, porte les doigts à sa bouche et ses yeux s'emplissent de larmes.

— Excusez-moi...
— Je vous en prie... Vous n'avez pas de justification à me donner.
— Vous êtes charmant... Je ne me justifie pas. Je vous trouve sympathique, j'ai envie de vous le raconter... Je ne l'ai jamais raconté à personne. Pas même à mon fils. Vous voulez bien m'écouter ?
— Bien sûr.

Charly recule un peu la chaise qu'il a approchée près du lit et, pour garder sa contenance, commence à replier son appareil à tension.

— Il y a... presque quarante ans, peu après la mort de mon mari, j'ai rencontré un homme... Un homme marié. Il n'était pas question qu'il divorce, il avait des enfants, une femme, une situation. Mais... nous étions faits pour nous entendre. Enfin, je ne vais pas vous faire un dessin... Il n'était pas facile de nous voir, je ne voulais pas le mettre en difficulté. Il était ingénieur agronome à l'OMS, il voyageait beaucoup dans les pays du tiers-monde... Moi qui avais hérité de deux fortunes indécentes, je ne supportais pas de rester ici. Alors, je l'ai suivi, je l'ai rejoint partout où il allait, je faisais du travail bénévole et je dilapidais utilement l'héritage de mes parents et la fortune de mon mari... Je jouais les Ladi Di avant l'heure, sans la télé à mes trousses, heureusement. Ça me permettait d'être avec lui... Quand il a pris sa retraite, il s'est installé avec sa femme dans une petite ville de l'autre côté de Tourmens. Nous avons continué à nous voir... Il me rendait visite ici deux ou trois fois par semaine... Comme nous étions heureux !

Mme de Lermignat ferme les yeux et se tait. Charly attend un long moment, puis, doucement, demande :
— Que s'est-il passé... ?
— Un jour, nous avions passé l'après-midi ensemble, il ne se sentait pas bien, il a décidé de rentrer un peu plus tôt. Je ne comprenais pas, je lui avais préparé à dîner, comme chaque fois qu'il venait, mais il a insisté, et il est parti. Je lui en ai terriblement voulu, c'était si inhabituel de sa part, tout était si bien réglé d'habitude, je ne voyais pas pourquoi il me privait de lui de manière si expéditive, il faisait un temps magnifique, l'automne était d'une douceur irréelle, nous avions marché ensemble dans la forêt... Je sens encore son bras autour de moi...

Brusquement, elle se redresse, essuie ses larmes et dit, d'une voix monocorde :
— Le lendemain, un ami commun m'a appris qu'il avait perdu connaissance en arrivant chez lui. Le SAMU s'était déplacé mais n'avait pas pu le réanimer. Il est mort en quelques minutes... une crise cardiaque. Je m'en suis voulu. Et je m'en veux encore...

Cette fois-ci, c'est Charly qui pose sa main sur celle de la vieille dame.

— Vous vous en voulez ? Mais de quoi ?

— De n'avoir pas senti qu'il allait mal... De l'avoir maudit ce soir-là, de l'avoir traité de tous les noms, intérieurement... Alors qu'il était l'homme le meilleur que j'aie jamais connu... Vous savez, docteur, ce n'est pas parce que je suis née dans l'aristocratie la plus coincée que je n'ai pas vécu ma vie de femme. J'ai connu d'autres hommes que mon mari, et j'en ai été très heureuse. Mais Daniel... Ce n'était pas la même chose. C'était mon âme sœur, vous comprenez, comme dans les feuilletons. L'homme à qui j'étais destinée, et qui m'était destiné. C'était un homme digne. Il n'aurait jamais humilié sa femme et ses enfants. C'est un miracle que nous soyons parvenus à garder pareil secret pendant près de quarante ans... Je l'aimais tellement... Nous nous aimions tellement...

— ... Qu'il n'a pas voulu mourir ici, devant vous. Alors, quand il a senti que sa fin était proche, il s'est hâté de repartir.

Mme de Lermignat étreint la main de Charly.

— Vous le croyez vraiment ? C'est ce que j'ai toujours espéré, il était si attentionné, si fort... Mais je me dis que je suis folle, comment aurait-il pu savoir ?

— Les gens savent souvent qu'ils vont mourir. Du moins, ils le sentent. Il a sûrement senti que s'il restait plus longtemps, il allait faire un malaise chez vous. Il n'a pas voulu vous infliger ça.

Des beaux yeux de Mme de Lermignat, les larmes coulent à présent sans discontinuer. Charly a lui aussi beaucoup de mal à ne pas pleurer tant l'émotion de sa patiente est communicative.

— Daniel... était juif, lui aussi ? C'est pour ça que vous respectez le jeûne du Yom Kippour ?

— Oui... Mais vous ne direz rien à personne. Le secret professionnel est absolu, n'est-ce pas ?

— Oui, il est absolu... Vous n'avez pas fait de malaise cardiaque... Vous étiez seulement en hypoglycémie.

— Je sais... Mais je ne pouvais pas le dire tant que cette brave Marie-Christine était présente. Je n'avais pas envie de raconter ma vie, vous le comprenez.

— Bien sûr.

Un bruit de porte se fait entendre dans l'entrée. On grimpe l'escalier quatre à quatre et un homme pénètre en courant dans la pièce.

— Maman ! Que vous arrive-t-il ?

— Rien, mon chéri. Tout va bien. Un simple malaise. Ce jeune médecin s'est très bien occupé de moi !

En même temps qu'il le reconnaît, Charly voit les yeux de son interlocuteur s'écarquiller de surprise.

— Charly... murmure le nouvel arrivant.

— Vous vous connaissez ? s'exclame Mme de Lermignat.

Les deux hommes la regardent, gênés. La vieille dame éclate de rire et tend le bras vers son fils.

— Jean Watteau de Lermignat, venez donc embrasser votre mère !

Laura, 4

(Avril 2002)

La secrétaire est au téléphone et, manifestement, il s'agit d'une conversation privée.
— Ah, ne m'en parle pas... Non, tu sais, pas moyen de changer de boulot en ce moment... Ben oui, ça serait mieux, mais partir sans indemnités... Non, non, c'est bien, ça va, mais c'est fatigant, tu comprends, les gens sont parfois agressifs, à la fin. Et les médecins, je te dis pas... Ah, excuse-moi, j'ai quelqu'un. Tu patientes deux secondes ?
Elle enveloppe de la main le micro de son téléphone-casque et se tourne vers le jeune couple essoufflé et trempé qui vient d'entrer dans le hall.
— Oui ?
Gêné, le jeune homme ne dit rien. C'est la jeune femme qui parle.
— Je suis Laura Terney, j'ai rendez-vous à (elle regarde sa montre) dix-huit heures. Enfin, le Dr Garches m'a dit que je devais passer maintenant, parce que, j'ai fait le test de la glaire cervicale, enfin vous savez... et nous venons pour...

Elle sort de son sac un papier bleu.

— Un recueil de sperme et une insémination, c'est ça ? dit la secrétaire à voix haute.

Dans la salle d'attente grande ouverte, plusieurs personnes écarquillent les yeux en direction de Luc et de Laura.

— Ah, je ne suis pas au courant, poursuit la secrétaire. Et en principe, à cette heure-ci, on ne fait plus rien. Qui vous a dit de venir ?

— Le Dr Garches. Je lui ai parlé au téléphone il y a un quart d'heure...

— Mais à cette heure-ci il n'est pas chez nous.

— Non, je sais, je l'ai appelé sur son portable. Il me l'avait donné justement pour ça. Il va venir.

— Vous êtes sûre ? insiste lourdement la secrétaire qui, manifestement, n'a pas envie de comprendre.

— Nous sommes sûrs, mademoiselle, dit le jeune homme, visiblement énervé.

— D'accord, d'accord... Josyane, tu es toujours là ? Bon, là j'ai du boulot, je te rappelle. Au revoir, ma chérie.

Elle sort de derrière le comptoir un flacon en plastique et le tend au jeune homme.

— Voilà. Au fond du couloir, dans la salle « Prélèvements ». Vous avez l'habitude, je suppose.

— Non, répond son interlocuteur sur un ton sarcastique. C'est la première fois que je me masturbe.

Mais la secrétaire n'a pas le sens de l'humour.

— Pff ! Allez, vous saurez bien vous y prendre. Si vous avez du mal, il y a toutes les revues qu'il vous faut. Et surtout vous recueillez bien tout dans le flacon, mais sans y mettre les doigts.

Laura et Luc se regardent, effarés. Laura se tourne vers la secrétaire.

— Vous ne voyez pas d'inconvénient à ce que je l'accompagne ? Je vais l'aider, ça sera plus simple. (Elle sourit.) Moi, je sais comment faire...

— Mais, mais... Je ne sais pas si vous avez le droit !!! D'habitude, les messieurs font ça seul.

— Justement, un homme seul c'est triste et j'ai horreur des habitudes.

Et, la main dans la main, ils partent remplir leur flacon de « prélèvement » dans la salle du fond.

La seconde partie de la procédure est moins drôle. Une infirmière est venue chercher Laura, l'a fait déshabiller et l'a installée, presque nue, sur une table d'examen qui doit dater d'avant-guerre.

— Je pensais que vous aviez du matériel plus moderne, dit doucement la jeune femme.

— Ce n'est qu'une insémination, madame, pas une intervention de neurochirurgie...

— D'accord, mais je voulais savoir... pourquoi est-ce qu'on ne pouvait pas faire ça tout simplement, enfin je veux dire, de manière naturelle ? Pourquoi fallait-il recueillir le sperme de Luc et m'inséminer avec juste après ? C'est plus compliqué, non ?

L'infirmière semble agacée, elle aussi. Elle répond en insistant lourdement sur certains mots.

— Je ne peux pas vous répondre. Le Dr Garches doit penser que votre glaire est... *de mauvaise qualité*, ou peut-être même... *toxique* pour les spermatozoïdes de votre mari. En les injectant directement dans l'utérus, on règle le problème. Vous voulez que ça marche, non ?

— Euh, oui, bien sûr, mais je voudrais aussi *comprendre*...

— Le Dr Garches ne vous l'a pas expliqué ?

— Non...

— Alors, je ne sais pas si j'aurais dû vous dire ce que je vous ai dit.

Et elle se tait.

Lorsque Luc et Laura sortent de la clinique des Dents-de-Lion, il est 21 heures passées. Garches n'a fait qu'une brève apparition, le temps de demander si « tout allait bien ». Laura se sent sale. Luc se sent vidé. Ils osent à peine se toucher. Ils n'échangent pas un mot. Laura se met au lit la première. Luc regarde un film jusqu'à deux heures du matin. Quand il se couche, Laura ne dort toujours pas, mais elle ne dit rien.

La dame dans l'auto

Palais de justice de Tourmens,
mardi 17 septembre 2002

— Asseyez-vous, madame, je vous en prie, dit Watteau en désignant un siège à sa visiteuse. Merci de vous être déplacée, je crois savoir que, depuis la disparition du Pr Seryex, vous avez beaucoup de travail, au laboratoire de pharmacologie.
— Oui, beaucoup, répond Eloïse Lasne. En fait... il y a presque tout à reprendre depuis le début.
— Ah. C'est si grave ?
— Très, très grave. Georges... le Pr Seryex tenait très bien ses dossiers... mais il n'avait communiqué ses codes d'accès informatiques à personne. Le service informatique du CHU est en train de chercher le moyen de les déverrouiller, mais ça peut prendre du temps. En attendant, nous devons retrouver un très grand nombre de données...
— Le professeur faisait donc beaucoup d'expérimentations ?
— Plutôt des expertises. Du travail de recherche biblio-

graphique, sur un certain nombre de médicaments ou de traitements.

— Pouvez-vous m'en dire plus ? Je ne suis pas familier...

— Eh bien, le Pr Seryex était expert auprès de la commission d'AMM, qui autorise la mise sur le marché des médicaments. Il étudiait le dossier scientifique de molécules que les laboratoires se proposaient de commercialiser en France.

— C'était une charge importante...

— Oui, c'était un des pharmacologues les plus réputés d'Europe. Il donnait beaucoup de conférences, intervenait dans des commissions à Strasbourg, à Bruxelles, à La Haye, et à l'OMS à Genève, également.

— Je vois... madame – d'ailleurs, peut-être devrais-je dire docteur ?

— Si vous voulez. Ça m'est bien égal, vous savez. En ce moment, tout m'est bien égal...

Eloïse Lasne retient ses larmes à grand-peine. C'est une femme d'une quarantaine d'années, d'un charme certain mais, aujourd'hui, loin d'être mis en valeur. Elle est habillée n'importe comment, n'est pas maquillée, alors que d'habitude c'est probablement l'inverse, et ses cheveux qui auraient bien besoin d'un shampooing sont retenus sur sa nuque par un quelconque élastique. Watteau voit dans cette tenue négligée le signe d'un profond chagrin.

— Vous étiez très proche, je crois ?

Elle esquisse un sourire ironique.

— Oh, ce n'est pas un secret, j'ai toujours été amoureuse de lui.

— Et ?

— Et... nous étions amants. Enfin... si on veut.

— « Si on veut » ?

— Georges était un homme droit, intègre, entièrement dévoué à son travail. La sexualité ne l'intéressait pas beaucoup. Il savait que je l'aimais, je ne m'en suis jamais cachée, mais il m'a toujours dit qu'il ne voulait pas fonder de famille. Il a toujours été très amical avec moi, et il aurait pu se contenter de ça. Il venait me rejoindre chez moi lorsqu'il sentait que j'avais besoin d'un peu... d'intimité. Nous étions des amants – comment dire ? – occasionnels...

— Je comprends...

— Je ne suis pas sûre que vous compreniez, monsieur le juge. Moi-même, je ne le comprenais pas très bien. Je ne comprends toujours pas comment j'ai pu vivre ainsi dans son ombre depuis quinze ans, pour qu'aujourd'hui...

— Vous lui en voulez ?

— Oui ! s'écrie-t-elle. (Puis, levant les yeux vers Watteau et secouant la tête :) Mais pas de m'avoir maltraitée. Il ne m'a jamais maltraitée... Il ne m'a jamais humiliée ou utilisée, au contraire, il était extrêmement délicat. Et il ne m'a jamais rien promis. Non... Je lui en veux *d'être mort*. Je lui en veux d'être mort dans sa voiture un jour où j'aurais dû être avec lui...

Le visage d'Eloïse Lasne blanchit sous la douleur.

— Je lui en veux d'être mort sans moi.

Watteau pousse un grand soupir, puis se tourne vers Clémentine Basileu. La greffière lève les yeux, le regarde, lui fait un imperceptible signe de tête et ôte ses mains de son clavier.

— Madame... Je vais enfreindre les règles de la procédure en vous révélant quelque chose que très peu de gens savent... Disons que cela s'inscrit dans le cadre du... secret professionnel. Je vais vous demander de le respecter. Ce que je vais vous dire ne figurera pas dans le procès-verbal de notre entretien.

Et avec un sourire désarmant, il ajoute :

— Quelque chose me dit que je peux vous faire confiance...
Son interlocutrice le regarde sans comprendre.
— Le Pr Seryex n'est pas mort accidentellement.
— Je vous demande pardon ?
— Il a été assassiné. Quelqu'un lui a tiré une balle dans la tête, avant qu'il ne quitte le centre hospitalier, probablement. Par on ne sait quel miracle, il a réussi à monter dans sa voiture et à s'engager sur la rocade avant que sa voiture ne soit percutée par un autre véhicule.
— Assassiné...
La voix d'Eloïse Lasne s'étrangle.
— Alors... c'est pour ça qu'il...
— Qu'il... ?
— La veille de sa mort, il devait venir me rejoindre, passer la nuit chez moi. Il m'a appelée très tard, il était une heure et demie du matin, en me disant qu'il ne pouvait pas venir. Et il a ajouté... « Je crois qu'il vaut mieux que je ne vienne pas. Pas cette nuit... Pas tant que... » Je ne comprenais pas ce qu'il voulait dire, je lui ai demandé de m'expliquer mais il m'a dit de ne pas m'en faire, que nous en parlerions le lendemain, qu'il serait plus libre d'en parler. Et puis...
Elle éclate en sanglots. Watteau reste un long moment silencieux. La compagne du Pr Seryex finit par dire :
— J'avais un sentiment... de danger. Je le connaissais bien, vous savez. Il parlait peu. J'avais l'habitude de le comprendre rien qu'en le voyant froncer un sourcil... J'avais le sentiment qu'il voulait... se débarrasser d'une corvée très précise, qu'il attendait de l'avoir fait pour m'en parler. Depuis plusieurs semaines, quelque chose le rongeait, et je n'y avais pas accès... Comme s'il avait voulu me protéger...
— Avez-vous la moindre idée de ce que ça pouvait être ?

— Pas exactement, mais c'était un problème lié à une expertise, j'en suis sûre. Je connaissais les codes d'accès à ses dossiers. J'étais la seule à les connaître, car je l'aidais à préparer la plupart de ses expertises. Évidemment, je ne les consultais jamais tant qu'il ne me le demandait pas. Mais brusquement, sans rien me dire, il y a environ un mois, il a modifié ses codes. Je lui ai demandé pourquoi. Il m'a dit que c'était provisoire, qu'il préférait procéder ainsi, ouvrir les fichiers quand il était présent, les fermer quand il s'en allait. Un jour, il a laissé échapper en riant : « Ce que tu ne sais pas ne peut pas te faire de mal. » J'avais compris que ce n'était pas un manque de confiance de sa part. Qu'il y avait autre chose... Mais il ne m'a pas dit quoi. J'avais appris à ne pas lui poser de questions...

Watteau hoche la tête.

— Il faudrait que nous puissions transcrire ce que vous venez de me dire, madame, sans pour autant révéler la petite confidence que je vous ai faite. Est-ce que vous voyez un inconvénient à ce que nous reprenions là où madame Basileu a interrompu sa prise de notes ? Bien. Alors, continuons : les jours qui ont précédé son accident, avez-vous remarqué si le Pr Seryex était soucieux, ou préoccupé ?

Le Dr Lasne hoche la tête.

— Eh bien, oui. Depuis quelques semaines, je le trouvais préoccupé...

Règlement de comptes

Watteau referme derrière lui et s'adosse à la porte de son bureau.

— J'ai bien de la chance de vous avoir, madame Basileu !

— Vous exagérez ! répond la greffière en souriant.

— Non, non. Pas du tout. Je ne crois pas que je pourrais procéder ainsi si vous ne compreniez pas comment je veux travailler…

— Vous voulez dire : sans toujours respecter scrupuleusement la procédure…

— Oui. J'ai la faiblesse de croire que les individus, parfois, méritent plus de respect que la procédure.

— C'est pas moi qui vais vous contredire là-dessus. Personnellement, je trouve que vous avez bien fait de lui dire…

— … que son ami était mort assassiné, et pas dans un accident ?

— Oui. Je pense que ça lui a fait un choc, mais dans un sens, ça l'a soulagée. Elle se sentait très coupable.

— J'imagine que vous êtes du même avis que moi : ce n'est pas elle qui l'a tué.

— Non, je ne pense pas... Il y a des chagrins qu'on ne peut pas simuler...

— Alors, je me demande d'où venait cette culpabilité...

— Quand on aime un homme, s'il lui arrive quelque chose on a toujours le sentiment que c'est parce qu'on n'était pas près de lui au moment où il fallait... J'ai connu ça quand mon mari est mort.

— Mais il est mort de maladie, pas d'accident...

— Oui, mais il n'empêche. Pendant longtemps, je me suis dit que j'aurais dû sentir qu'il était malade. Et puis, un jour, j'ai compris qu'il avait fait tout ce qu'il pouvait pour me le cacher... Parce qu'il n'avait peut-être pas envie d'être aimé comme un malade, mais comme un homme. Les femmes devraient apprendre à ne pas toujours confondre leurs sentiments avec la vérité.

Watteau sourit.

— Vous vous entendriez très bien avec Mme de Lermignat...

— Eh bien, je...

Mme Basileu s'interrompt. Watteau s'étonne.

— Oui ?

— Non, rien, j'allais être indiscrète.

— Vous n'êtes jamais indiscrète. Quoi ?

— Je... Oh, et puis je me lance ! Monsieur Watteau, je travaille avec vous depuis quatre ans, bientôt, et je voulais vous poser une question : pourquoi parlez-vous toujours de votre mère en disant « Mme de Lermignat ».

— Parce que... parce que c'est son nom !

— Je ne vous entends jamais dire « ma mère » ou « Maman », comme tout le monde.

— Non. D'ailleurs, le plus souvent, je l'appelle par son prénom. « Maman » est un mot qui m'échappe... rarement.

— Vous ne vous entendez pas avec elle ?

— Si, si, très bien. Mais elle a sa vie, moi la mienne et

nous n'avons jamais été très proches, affectivement parlant...

— Mais vous vivez ensemble ? Excusez-moi, j'insiste...

— Je vous en prie. (Soupir.) Quand deux personnes vivent chacune à un bout d'un château de trente-cinq pièces, on ne peut pas dire que ce soit « ensemble ».

Clémentine Basileu est sur le point de répondre quand le téléphone sonne. Elle décroche, répond brièvement à son interlocuteur invisible, puis raccroche avec satisfaction.

— M. Toulet a terminé l'examen du fragment d'enveloppe.

— Et ?

— L'huissier nous monte ses conclusions, on vient de les lui remettre.

Effectivement, on frappe. Watteau ouvre, reçoit une grande enveloppe kraft des mains de l'huissier, referme la porte en déchirant l'enveloppe à la hâte et, après avoir jeté un bref coup d'œil à la fine liasse de documents qui s'y trouvent, s'exclame :

— Madame Basileu ! Vous devriez passer les concours internes !

— Pas question. Je suis bien comme je suis.

— C'est dommage, vous feriez un excellent juge d'instruction.

— Oui, mais je ne pourrais plus travailler avec vous ! Mais pourquoi me dites-vous ça ?

Watteau lui tend le rapport de Toulet.

— Regardez ce qu'il a trouvé sur le bout d'enveloppe.

— De la graisse de portière et du sang...

— Exactement. Donc, vous aviez raison : le coin de l'enveloppe est resté coincé dans la portière au moment où Seryex est monté en voiture.

— Mais le sang ?

— C'est celui de Seryex, ce qui veut dire qu'il avait encore l'enveloppe entre les mains quand on lui a tiré dessus. Il pénètre dans le sous-sol avec son dossier compromettant. Quelqu'un l'intercepte une arme à la main – pas nécessairement pour le tuer, peut-être simplement pour lui voler les documents. Il saisit l'enveloppe, Seryex résiste, son agresseur tire, du sang gicle sur l'enveloppe. La balle est entrée dans le crâne de Seryex en biais, sans lui faire perdre connaissance. Il monte en voiture…

— Son agresseur ne tire pas une seconde fois ?

— Non. À mon avis, le coup est parti involontairement, et il est effrayé de ce qu'il a fait. Rappelez-vous, ce n'est probablement pas un tueur… Toujours est-il que Seryex veut refermer la portière et son agresseur est obligé de s'accrocher à l'enveloppe pour qu'elle ne parte pas avec lui ! Elle se déchire, le contenu se répand à terre, il est obligé de tout ramasser et, pendant ce temps-là, le professeur sort du garage au radar, sans savoir qu'il va mourir, et s'engage sur la rocade…

— Mais j'ai lu dans le rapport que le garage de l'immeuble est fermé la nuit et qu'après 23 heures, on ne peut plus y entrer, même avec une carte magnétique. On ne peut qu'en sortir. L'agresseur du professeur serait donc resté dans le garage toute la nuit ?

— C'est peu probable. Non, je crois que l'explication est tout autre… Il va falloir que j'aille faire un tour sur les lieux du crime. Organisez-moi ça, vous voulez bien ?

— Avec l'inspecteur Benamou ?

— Comme d'habitude. Et appelez-donc Toulet pour qu'il nous libère sa petite technicienne de l'identité judiciaire. Vous savez, celle qui vient de faire un stage chez Grissom, à Las Vegas…

L'armée des ténèbres, 3

Hebdomadaire *L'industrie pharmaceutique*,
19 septembre 2002

Nomination de Mme Beyssan-Barthelme à la direction générale de WOPharma.
  Paris, 18 septembre. Le porte-parole de la société WOPharma annonce la nomination de Mme Beyssan-Barthelme au poste de directrice générale, poste vacant depuis la démission pour raisons de santé, il y a quelques semaines, de M. Philippe Simon. La nomination de Beyssan-Barthelme est une surprise, car celle-ci dirigeait jusqu'ici la société EuGenTech, sur laquelle WOPharma a procédé il y a un peu plus d'un mois à une OPA réussie (voir notre numéro daté du 14 août 2002). La nomination de celle que ses collaborateurs surnomment BBB a été décidée hier par le conseil d'administration sur la proposition de Louis de Solignac, P.D.-G. de WOPharma. Le porte-parole de la société indiquait dans un communiqué que la venue de Mme Beyssan-Barthelme à la direction générale s'inscrivait « dans une stratégie logique de synergie entre WOPharma et sa nouvelle filiale ». Mme Beyssan-Barthelme a fait passer EuGenTech du stade de petite entreprise expérimentale à celui d'une société au rayonnement international.

Il était inconcevable de ne pas lui proposer de rejoindre les rangs des décideurs de WOPharma. Le P.D.-G. de Solignac et l'ensemble du conseil d'administration de WOPharma se réjouissent que Mme Beyssan-Barthelme ait accepté cette proposition. Du côté des marchés, on réagit plutôt bien à la nouvelle, puisque le titre WOPharma gagnait 3,3 % à l'ouverture ce matin. Quant à EuGenTech, son titre a grimpé de près de 20 % depuis son entrée en Bourse il y a quatre mois maintenant. Rappelons que, grâce à son OPA, WOPharma a acquis non seulement **Luna One***, la pilule à prise mensuelle, mais aussi* **In-Plante***, l'implant contraceptif sous-cutané biodégradable efficace pendant 7 ans ainsi qu'une molécule stimulant l'ovulation, le BB-ST90 qui, malgré son caractère expérimental, s'annonce comme un médicament prometteur dans le traitement des stérilités. De ce fait, le groupe WOPharma se positionne en première place dans le domaine fort convoité de la fécondité et du contrôle des naissances.*

Traitement de choc

Le Val-lès-Tourmens,
jeudi 19 septembre 2002

Épuisé par deux journées de consultations effrénées et une nuit de garde, Charly s'effondre dans le profond fauteuil du salon. Il voudrait se détendre, mais ne peut pas vraiment : il n'est pas chez lui, et le domicile du Dr Gravelet, qu'il remplace, lui déplaît. Son mode d'exercice aussi, d'ailleurs. Rien à voir avec celui des vrais généralistes de ville et de campagne qu'il a remplacés, comme ses amis Christian Lehmann, Bruno Sachs et Christian Grosse.

Le Dr Gravelet ne remplit jamais ses dossiers, prescrit une flopée de médicaments inutiles à ses patients les plus âgés et multiplie les techniques « parallèles », de l'acupuncture à la mésothérapie en passant par les manipulations vertébrales, sans aucune rigueur. Dans l'armoire du cabinet médical, Charly a trouvé une centaine de doses de médicaments homéopathiques, probablement livrées par un représentant complaisant... ou généreux. Plusieurs patients lui ont fait comprendre que le Dr Gravelet leur en donne gratuitement et que, « quand ça leur fait du bien », ils retournent ensuite prendre la même chose à la pharmacie. « C'est pratique, pour les médicaments homéopathiques, on n'a pas besoin d'ordonnance... » Dans la salle de soins, les instruments ne sont pas entretenus. Manifestement, le Dr Gravelet ne sait pas qu'il existe des spéculums à usage unique, des gants stériles et des draps en papier jetables. Le drap blanc posé sur la table d'examen n'a pas l'air d'avoir été lavé depuis trois mois et Charly n'en a pas trouvé d'autre même en ouvrant tous les placards. Il s'est résigné à emprunter un drap dans une chambre d'enfant.

En principe, Gravelet a une secrétaire, mais celle-ci a pris ses vacances en même temps que lui, car le médecin l'exige. Heureusement, la ligne du cabinet dispose d'un transfert d'appel, et Charly les détourne sur son portable. Autrement, il ne sait pas comment il ferait. Il a déjà bien du mal à rejeter les visiteurs médicaux qui débarquent sans prévenir au milieu des patients. Heureusement, il les repère facilement à leur attaché-case et à leur attitude particulière. Dans sa salle d'attente, le généraliste a collé un écriteau : « Le Dr Gravelet ne recevra pas plus de 5 représentants de laboratoire au cours de sa consultation quotidienne ». Charly a collé un papier portant « Lhombre » sur « Gravelet », et « les » sur « plus de 5 ». Passe encore de devoir travailler à la chaîne, mais s'il faut en plus se taper les visiteurs médicaux. Et s'il s'agissait de *se taper* des visiteuses de sexe féminin, encore...

— Ouh, mon pote, dit Charly tout haut, si tu te laisses aller au machisme ordinaire, c'est que tu es très fatigué ou très en manque. Peut-être même les deux.

En réalité, il est trop fatigué pour être en manque. Gravelet, qui consulte seul désormais pour quatre communes, draine une clientèle considérable et Charly n'a pas arrêté depuis qu'il a commencé son remplacement, le lundi précédent à 8 heures du matin. Mais ce médecin bosse vraiment comme un saligaud. S'il voit autant de monde c'est parce qu'avec la désertification médicale de la région, les gens n'ont plus vraiment le choix. Charly l'a remplacé parce qu'il a besoin de bouffer, mais il le regrette amèrement et se jure de ne plus jamais mettre les pieds ici. Il a déjà honte en pensant qu'il va repartir en ayant encaissé une coquette somme pour une semaine de travail car Gravelet, comme la plupart des médecins de campagne français en cette année 2002, a beaucoup de mal à recruter des remplaçants. Quand, par chance, il en trouve un, il lui laisse l'intégralité des honoraires pour pouvoir partir huit jours en vacances. Il est vrai que quand on fait soixante actes par jour, on peut se le permettre...

Charly regarde sa montre. Vingt et une heures quarante-cinq. Cette nuit, au moins, il n'est pas de garde et a ressenti un extrême plaisir à brancher le répondeur. Plus qu'une journée à tirer. Vendredi à 19 heures, il sera libéré de cette corvée. Il ôte ses chaussures, réalise qu'il a encore sa veste sur le dos, se lève pour l'enlever et sous le canapé du salon, il aperçoit quelque chose. C'est un classeur recouvert de cuir orné du sigle « D&F ». Drôle d'endroit pour ranger ses lectures. Il s'agit du dossier de présentation des médicaments du laboratoire D&F. Y sont insérés tous les « argumentaires » avec lesquels les visiteurs médicaux font l'article aux médecins. Ce truc-là, en principe, ne quitte jamais la sacoche des représentants de labo. Comment se fait-il que Gravelet l'ait en sa possession ?

Brusquement, il se souvient. C'est sûrement ce que cherchait la jeune femme qu'il a eue brièvement au téléphone hier. Elle avait commencé par l'appeler par son prénom – enfin, par le prénom de Gravelet : Jean-Charles. En lui apprenant que le généraliste était en vacances, Charly avait cru comprendre qu'il lui faisait du mal. Comme s'il avait appris à une maîtresse que son amant la trompe avec sa légitime épouse. La jeune femme s'était ressaisie en demandant si par hasard, Charly n'avait pas trouvé un dossier de cuir. Préoccupé par le patient en pleine crise d'asthme allongé à deux mètres de lui, Charly avait coupé court, non sans avoir promis de jeter un coup d'œil alentour.

Depuis, il avait oublié sa promesse et voilà que le hasard met l'objet sur son chemin. Enfin, peut-être pas le hasard. Il commence à comprendre comment ce dossier est arrivé sous le canapé. L'autre jour, Gravelet et la visiteuse médicale n'ont pas dû se contenter de parler thérapeutique. À entendre la manière dont la jeune femme prononçait son nom, au téléphone, Charly devine qu'ils ont plutôt joué au docteur sur le canapé du salon. Pour peu que Mme Gravelet soit rentrée un peu trop tôt, la visiteuse n'aura pas eu le temps de ramasser ses affaires...

Il feuillette le dossier, y retrouve l'habituel suite de « visuels » en quadrichromie que les visiteurs médicaux utilisent pour hypnotiser les praticiens français, avec leurs pourcentages qui ne veulent rien dire, leurs pseudo-résultats de pseudo-études multicentriques sous la direction d'un professeur de fac à qui on a offert un photocopieur flambant neuf en échange de sa signature sur un article bidon. Un peu écœuré, il est sur le point de refermer le dossier quand, au détour d'une page, un mot lui accroche l'œil.

— *grhémuline.*

Il lit : *Certains praticiens – en particulier ceux qui sont susceptibles de lire* La revue Prescrire *– pourraient vous interroger à ce sujet. Il ne faut pas du tout éluder la question, mais insister sur le fait que la D-grhémuline n'est pas superposable à la L-grhémuline. La première est l'isomère dextrogyre, la seconde l'isomère lévogyre du même racémique. De ce fait, la D-grhémuline n'a ni les effets stimulants de l'ovulation, ni les effets secondaires de la L-grhémuline. À ceux qui demanderaient confirmation de cette innocuité,* remettre un *fac-similé de l'article du* Journal de Gynécologie Française.

Charly secoue la tête. Comme c'est *fatigant* ! Les laboratoires ne cessent de s'appuyer sur la sous-éducation des médecins français pour leur faire avaler des couleuvres. Lévogyre ou dextrogyre, c'est bonnet blanc et blanc bonnet. Quand on avale l'un, il suffit que l'acidité de l'estomac se modifie un peu et on se retrouve avec l'autre dans le sang. L'argumentation du laboratoire est donc, au moins spécieuse, au pire carrément mensongère. Par curiosité, il cherche le fameux article du *Journal de Gynécologie Française*. Il le trouve à la fin du dossier, en plusieurs exemplaires, dans une enveloppe en plastique transparent. Manifestement, la visiteuse de D&F était parée.

> *Effets anti-émétiques de la D-grhémuline (dextrogrhémuline). Étude multicentrique de tolérance chez la femme jeune en période d'activité génitale.*
>
> **Résumé** : Une étude en double aveugle contre placebo, effectuée sur 754 femmes enceintes ayant décidé d'interrompre leur grossesse dans les délais légaux, a démontré les effets anti-émétiques marqués de la dextrogrhémuline ; après examen microscopique des produits d'avortement, aucun des effets secondaires endométriaux autrefois observés avec la *lévo*grhémuline n'a été retrouvé.
>
> **Conclusion** : la dextrogrhémuline peut être utilisée en toute sécurité pour traiter les nausées et vomissements de la femme enceinte.

— Putain de bordel de merde !

La dextrogrhémuline, c'est la substance que contient la Pronauzine, l'antinauséeux que boulottaient trois des patientes de Garches.

Brusquement, Charly est pris d'un vertige. Il se revoit

dix ans plus tôt, assis dans la bibliothèque de la faculté de médecine, plongé sur le dossier d'un médicament retiré du marché à la fin des années 80. Le nom de la molécule avait été mentionné en passant lors d'un cours d'obstétrique, et lorsque l'enseignant avait refusé de lui en dire plus, il était allé fouiller la bibliographie à ce sujet. Il se souvient très bien du titre d'un des articles anglo-saxons : *FDA bans levogrhremulin*. La puissante *Food and Drugs Administration* avait refusé l'entrée de la molécule sur son territoire en raison d'une incertitude sur sa sécurité d'emploi. Quand il avait voulu avoir des détails supplémentaires, il s'était curieusement retrouvé arrêté par des revues dont les pages avaient été arrachées, des références introuvables, des publications jamais rendues par leur emprunteur. Le médicament était commercialisé par un petit laboratoire local, qui faisait vivre plusieurs centaines de personnes dans la banlieue de Tourmens…

Il se lève d'un bond. Il faut qu'il jette un coup d'œil dans le dossier que lui a confié Larski. Mais le dossier est resté dans son studio, à Tourmens. La perspective d'avoir à faire quinze kilomètres pour aller le récupérer l'épuise. Il ne peut pourtant pas rester dans l'incertitude pendant encore deux jours. Depuis sa brève rencontre avec Garches, son enquête sur la mort de Frédérique Niort est au point mort. Et puis, devant le déchirement de Christophe Niort, Charly a préféré prendre du champ en se disant qu'il attendrait le retour de Larski pour reprendre ses investigations. Mais ce qu'il vient de lire l'inquiète terriblement, et il veut en avoir le cœur net.

Le cabinet de Gravelet n'est pas informatisé, mais tout à l'heure, quand Charly est entré dans la chambre du fils aîné du médecin pour y emprunter un drap, il a aperçu un ordinateur. Le matériel a l'air flambant neuf. Il serait étonnant qu'il ne comprenne pas un accès internet

Trois minutes plus tard, Charly bénit le fils Gravelet. Il a dû tanner son père pour lui soutirer une ligne ADSL, quel confort. Le navigateur du garçon s'est ouvert automatiquement sur un site pornographique et Charly a pu constater qu'il est vraiment fatigué... ou peut-être trop préoccupé pour que cela réveille sa libido. Il surfe à présent entre plusieurs sites anglophones consacrés au médicament. Grâce au login et au mot de passe de Larski, il se connecte à la banque de données de l'*International Society of Drugs Bulletin* et tape le mot *levogrhemulin*, la dénomination internationale du médicament.

C'est bien ce qu'il croyait se rappeler. Très largement diffusée dans les années 80, la molécule est à présent interdite en Amérique du Nord, au Canada, dans tout le Commonwealth et dans les pays scandinaves. Elle n'est commercialisée qu'en Europe occidentale et dans quelques ex-pays du bloc de l'Est, pour la seule indication : « traitement des nausées et vomissements des patients traités par chimiothérapie anticancéreuse ou par d'autres médicaments ». (Tiens, quels « autres médicaments » ?) Elle est agréée à l'exportation, évidemment, dans la plupart des pays du tiers-monde. L'Organisation mondiale de la santé a cependant publié plusieurs documents recommandant que cette molécule ne soit jamais utilisée par la femme en âge de procréer...

Un site canadien de défense de victimes lui en apprend encore un peu plus : à la charnière des années 70-80, beaucoup de femmes se plaignaient de ne plus pouvoir être enceintes après avoir pris une pilule contraceptive pendant plusieurs années. On savait déjà que la pilule n'avait aucun effet nocif sur la fécondité, et que les femmes se remettaient toujours à ovuler au bout de quelques mois, mais D&F, qui connaissait les effets de la lévogrhémuline sur l'ovulation, avait intelligemment commercialisé la substance dans le monde entier un peu avant que les critères de mise sur le marché des médicaments ne deviennent draconiens. Grâce à l'ignorance générale des médecins de terrain, des centaines de milliers de femmes sous pilule avaient reçu systématiquement de la lévogrhémuline – « *Pregductor* dans les pays anglophones, *Progravid* en Europe. Quelle imagination ! » pense Charly – dès qu'elles arrêtaient leur pilule pour avoir un enfant. Et puis, une trentaine d'accidents graves avaient attiré l'attention de la *Food and Drugs Administration* et des *National Institutes of Health* américains : la lévogrhémuline provoquait des hémorragies utérines précoces chez les femmes enceintes. La molécule avait donc rapidement été retirée du marché, menaçant le petit laboratoire de disparition. Or, la molécule existe sous deux formes chimiques, « L » et « D ». C'était la forme L (lévogrhémuline) qui induisait l'ovulation. Prévoyants, les chimistes de D&F avaient testé également la forme D (dextrogrhémuline) et découvert depuis longtemps qu'elle calmait les vomissements et les nausées. En France, la Commission de mise sur le marché des médicaments avait, au milieu des années 80, permis son utilisation chez les patients cancéreux – chez qui l'éventualité d'une grossesse est rare, ou contrôlée par une contraception. D'autres pays européens avaient emboîté le pas. La dextrogrhémuline avait conquis un nouveau marché sous le nom de Pronauzine.

Le site canadien de défense des victimes de Pregductor attire l'attention sur le fait que, depuis le milieu des années 90, on assiste à une augmentation de la prescription de Pronauzine sans commune mesure avec le nombre réel de cancéreux traités. Présumant que les deux molécules ne diffèrent pas autant que le laboratoire veut le dire, il soupçonne certains médecins spécialisés dans la procréation médicalement assistée, qui a pris un essor considérable, d'utiliser la Pronauzine à doses élevées pour induire des ovulations... comme le faisait sa molécule-sœur. Pour les bénévoles du site, le fait que D&F soit parvenu à étendre les indications de Pronauzine à la femme enceinte contribue à masquer cette utilisation clandestine... et à la généraliser.

Le site comprend un lien vers un document confidentiel. Fébrile, Charly clique dessus, le télécharge, l'ouvre, lit le titre et le résumé. C'est la première version de l'article que la visiteuse de D&F a oublié dans son dossier après sa probable partie de jambes en l'air avec Gravelet.
— Nom de Dieu ! Le salopard !
Le texte reproduit par le site canadien – fac-similé d'un document interne de D&F, non destiné à publication – présente une subtile différence avec le tiré à part qu'il a feuilleté tout à l'heure. Cette différence pourrait échapper à un non-initié, mais pas à Charly.

Croissance, 3

Lavallée, cabinet du Dr Corel,
vendredi 20 septembre 2002

Depuis vingt-cinq minutes, les deux visiteurs médicaux se regardent en chien de faïence. Il reste un patient dans la salle, un vieux monsieur à casquette qui fait des mots croisés. Difficile de parler discrètement. Enfin, le médecin sort de son bureau, raccompagne la patiente précédente et fait signe au vieux monsieur. Le patient ôte sa casquette, fourre son journal de mots croisés et son crayon dans sa poche et boite jusqu'à la porte du cabinet.
Le premier visiteur, le plus âgé des deux, se penche vers son jeune collègue.
— Tu es nouveau ?
— Oui, je débute chez D&F. Depuis deux ans, j'étais dans un tout petit labo, j'en avais marre des ampoules de magnésium et des veinotoniques. Depuis l'extension de Pronauzine, D&F embauche à tour de bras, alors j'ai sauté sur l'occasion.
— Ouais, c'est un bon coup, ça, Pronauzine. Avec la femme enceinte, ils vont au moins quadrupler leur nombre

de boîtes vendues... Moi je suis chez WOPharma. Ça me soulage de savoir qu'on n'est pas concurrents. Enfin, pour le moment...

— Comment ça ?

— Ben, D&F et WOPharma, c'est un peu la même famille. Tu savais pas ?

— Non, je ne suis pas très au courant de ce genre de choses...

— De Solignac, le P.D.-G. de ma boîte... Sa femme, possède 51 % des actions de D&F en propre. Mais évidemment, ils ne s'en vantent pas...

— Je croyais que D&F était une société prospère ? Pourquoi ont-ils vendu ?

— Ils n'ont pas vendu, répond l'autre en ricanant. D&F ça veut dire « Durand & Fils ». De Solignac a épousé Thérèse, héritière Durand.

— Ah ! Je vois...

— Donc, même si officiellement ta petite société est indépendante, c'est une indépendance relative... Chacune des deux sociétés évite de faire de l'ombre à l'autre. On dit d'ailleurs que Mme de Solignac est très occupée à faire le tour du monde et laisse à son mari le soin de « superviser » ce qui se passe chez D&F. Officieusement, bien sûr.

— Et comment vous savez ça, vous ?

— Je suis dans la boîte depuis vingt-cinq ans. On apprend des choses...

— Ouais, je comprends... (Il fait un signe du menton vers la porte du cabinet médical.) Vous allez lui parler de quoi ?

— De nouvelles spécialités, intégrées tout récemment. T'as entendu parler de Luna One ?

— La pilule mensuelle d'EuGenTech ? Elle est déjà disponible en France ?

— Bien sûr, la demande d'AMM a été déposée il y a déjà un an par le labo et la commission la lui a accordée fin août.

Comme par hasard, WOPharma venait de réussir son OPA sur EuGenTech et quand la Bourse a appris la commercialisation de Luna One, l'action a pris dix pour cent d'un coup !

— Comme par hasard... Vous avez des actions WOPharma, vous ?

— Bien sûr. Et des EuGenTech aussi. Chez nous, les régionaux sont très intégrés à l'entreprise...

— Vous êtes régional ?

— Oui, dit l'autre en riant. Tu pensais que j'étais encore un fantassin, à mon âge ? Fini, ça.

— Mais pourquoi faites-vous la tournée des généralistes ?

— Pour préparer mes visiteurs médicaux. D'ici six mois, un an, on va lancer un nouveau produit... et je tâte le terrain.

— Ah, ouais ? Ce sera quoi ?

— Un produit en relation avec la grossesse...

— Ah ! bon, répond le jeune visiteur, jovial, alors faudra vous assurer qu'il est pas incompatible avec ma Pronauzine, parce que d'ici là, toutes les femmes enceintes en prendront !

— Je peux rien te dire, mais pour ce que j'en sais, je crois qu'il n'y aura pas de problème, répond doucement son aîné.

Et quelque chose dans le ton de sa voix provoque chez le jeune homme un indéfinissable malaise.

Les bas-fonds

Tourmens, sous-sol de la faculté de médecine, vendredi 20 septembre 2002, 13 h 15

— Allez, Benamou, dites-moi tout, murmure Watteau en jetant un coup d'œil circulaire à l'espace bétonné qui l'entoure.
— Eh bien, y a pas grand-chose à dire, monsieur le juge. J'ai fait condamner le garage dès que vous me l'avez demandé, évidemment ces messieurs-dames du CHU n'étaient pas très contents d'avoir à débarrasser le plancher. Les places de parking sont très rares autour de l'hôpital... Mais je ne vois pas à quoi ça sert, plus d'un mois après la mort du professeur, qu'on fasse tout ce souk. Si Seryex a bien été flingué ici, et s'il y avait des traces à trouver, elles ont dû être effacées, depuis le temps. Le garage est petit, mais il y a du passage !
— Je sais. Et une douille, ça n'est pas grand non plus, alors ça m'étonnerait que le tireur soit parvenu à la ramasser. Nous avons peut-être une chance de la retrouver dans l'une des grilles de caniveau.
— Vous croyez ?

— Oui. La nuit qui a précédé la mort de Seryex, c'était la nuit du grand orage. Le sous-sol de ce bâtiment a été inondé, comme beaucoup d'autres. Et l'un des témoins m'a confirmé qu'il y avait encore de l'eau dedans quand il est arrivé, peu avant que Seryex ne quitte le bâtiment. Si l'agresseur, qui n'est sûrement pas un professionnel, lui a tiré dessus au moment où il montait en voiture et s'est battu pour récupérer l'enveloppe coincée dans la portière, ça m'étonnerait qu'il ait eu la présence d'esprit de ramasser la douille.

— Mais qu'est-ce que vous espérez en faire, de cette douille ? C'est de l'arme que nous avons besoin... et de son propriétaire.

— Pas forcément... Ah, voici Mlle Taranger.

La jeune femme qui s'approche des deux hommes est brune. Elle est vêtue d'un jean et d'un chemisier fin sous une veste de coton et porte une grande valise métallique.

— Bonjour, monsieur le juge.

— Je vous présente l'inspecteur Benamou. Benamou, voici Marie Taranger, assistante de M. Toulet. Elle vient de passer six mois à la brigade de police scientifique de Las Vegas. Dites-moi, mademoiselle, comment va mon ami Gil Grissom ?

— Il se refuse toujours à porter un appareil, et ça pose parfois de petits problèmes, mais il a toujours le même sens de l'humour... et ça n'altère pas ses capacités scientifiques.

— J'en suis sûr. On peut devenir un peu dur d'oreille et rester un grand professionnel... Vous avez pu faire le tour du site et repérer les conduits d'évacuation ?

— Oui. Et j'ai apporté tout ce qu'il fallait pour les prélèvements.

Watteau se tourne vers Benamou.

— Vos hommes sont tous là ?

— Oui, monsieur le juge.

— Alors, allons leur expliquer ce que mademoiselle Taranger attend d'eux...

*
* *

Sur les indications de la jeune femme, une demi-douzaine de policiers ouvrent les grilles de caniveau, en extraient à la pince les déchets qu'ils découvrent dans les filtres, et les glissent ensuite dans de petits sacs en papier. Comme l'espérait Watteau, la douille de la balle qui a fini par tuer Seryex se trouve encore sur les lieux. Mais elle a fait du chemin : ainsi que l'a prédit Marie Taranger au vu de la déclivité du sol, l'un des hommes de Benamou la retrouve à l'opposé de l'endroit où Seryex était garé, le matin du meurtre. Quand il appelle la technicienne pour lui dire qu'il a récupéré la douille, Marie Taranger sort de sa valise métallique un spray et un petit flacon en matière plastique. Après l'avoir délicatement saisie à la pince, elle pulvérise la douille au moyen du spray, la dépose au fond du flacon et attend quelques secondes avant de refermer celui-ci.

Watteau et Benamou la regardent, fascinés. Très tranquillement, la jeune femme se tourne vers le juge.

— Si cette douille a quelque chose à nous apprendre, nous le saurons très vite...

— Je vous fais confiance, mademoiselle.

Laura, 5

(Mai 2002)

— Non... Non, ça n'a pas marché. Si, si, elle était enceinte, mais sa grossesse n'a pas tenu. Pourtant, j'espérais, vous savez ! Elle est venue un jour me dire qu'elle avait des nausées, mal aux seins et moi, tout heureuse, je lui ai dit : « Mais, ma petite fille, tu es enceinte ! » et elle ne voulait pas me croire, elle m'a dit : « C'est pas possible, j'ai eu mes règles il n'y a pas longtemps », et moi je lui ai expliqué que ça ne voulait rien dire, quand j'ai été enceinte d'elle, j'ai eu mes règles pratiquement pendant six mois... oui, c'est rare, mais le médecin à l'époque m'a dit que ça arrive, et qu'en fait, les règles ça n'est pas très fiable, voyez ma nièce, la pilule n'arrêtait pas de la faire saigner, elle en essaie une, puis deux puis trois et finalement, ça s'arrange, elle n'a plus ces saignements insupportables, quand elle arrête sa pilule une fois par semaine elle saigne un tout petit peu mais elle se rend compte qu'elle a pris du poids, alors elle se dit : « C'est pas vrai, d'abord les saignements, maintenant les kilos, c'est pas possible ! » et elle va chez son gynécologue, enfin elle attend un mois et demi le rendez-vous, heureusement c'était pas urgent – enfin, ça ne l'était plus, mais elle le savait pas ! – et puis quand elle entre chez le gynéco, il lui fait la gueule parce qu'il en a assez de la voir pour ces histoires de pilules. Alors, elle lui dit : « A propos, je voulais vous dire, j'ai la poitrine qui gonfle », et elle se déshabille pour lui montrer. Dès qu'il voit ses seins il lui lance : « Ma petite dame, vous êtes en cloque ! » Oui, exactement comme ça ! Je vous jure. Elle, forcément, elle ne le croit pas, elle pense qu'il se moque d'elle, mais lui, il la fait allonger sur sa table, il lui colle deux doigts où je pense et il dit : « Enceinte de cinq mois ! Rhabillez-vous, ça fera tant ! »... Comme je vous le dis ! Alors, les règles, on peut vraiment pas leur faire confiance... Oui... Pourquoi je vous racontais ça, déjà ? Ah, oui ! Laura. Eh bien, Laura, elle était bien enceinte, je sais ce que je raconte, tout de même, je suis passée par là. Elle ne voulait pas me croire mais j'ai fini par lui dire qu'il fallait qu'elle fasse un test et bien sûr il est revenu positif. Alors moi, j'étais ravie, non seulement ma fille était enceinte, mais je l'avais deviné avant elle ! Malheureusement, ça n'a pas tenu... Non, elle a fait une fausse couche au bout de quatre semaines. Oui, elle s'est bien remise, mais moi, ça m'a traumatisée, vous comprenez, depuis le temps que j'attendais ça... Ah, non, elle n'abandonne pas, il n'est pas question qu'elle abandonne... Mais comme l'insémination artificielle n'a pas marché, le spécialiste qui s'occupe d'elle a proposé de lui faire une fécondation in vitro... Non, non, on fait ça couramment, maintenant, même aux jeunes femmes. Surtout quand ça ne tient pas. En fait, il lui a expliqué... si j'ai bien compris, il lui prend des ovules, il les insémine avec le... sperme de son mari, et puis il implante plusieurs œufs à la fois dans l'utérus, pour être sûr qu'il y en ait au moins un qui prenne. Oui, et le spécialiste qui s'occupe de ça... le Dr Garches, oui, c'est ça, il est très connu... Oui, ma voisine m'a dit qu'il passait souvent à la télé, mais c'est un peu normal, il paraît qu'il a les meilleurs résultats de tout le pays, une femme sur deux qui passe dans son service en sort ravie... et enceinte ! Oui... Alors, bon, moi, vous comprenez, je suis très impatiente, évidemment, à cinquante-cinq ans j'ai envie d'être grand-mère, mais je sais qu'elle est entre de bonnes mains, alors on croise les doigts mais peut-être que l'an prochain à cette époque, je pourrai vous envoyer une photo de ma petite-fille... Oui, c'est idiot, je ne sais pas pourquoi, j'ai l'impression que ce sera une petite fille...

Le meilleur des mondes possibles, 5

Tourmens-Soir, numéro daté du 20 septembre 2002

Commission européenne : la mise sur le marché des médicaments serait accélérée.

Aujourd'hui, à l'initiative de toutes les mutuelles mais aussi de plus d'une centaine d'organisations de malades ou de professionnels de la santé, s'est tenue une conférence de presse pour s'inquiéter de la politique européenne du médicament, et en particulier d'une nouvelle directive qui devrait être débattue dans les prochains jours au parlement européen. Une des clauses les plus controversées prévoit, entre autres, la possibilité de faire de la publicité directe pour certains médicaments. « Si cette directive était adoptée, tranche Théo Mallet, vice-président de Consommateurs*, on pourrait voir des publicités à la télé qui influenceront les patients et les prescripteurs. » Rappelons qu'aujourd'hui, à l'exception des Etats-Unis et de la Nouvelle-Zélande, toute publicité pour des médicaments sous ordonnance est interdite dans des médias grand public.*

Pour la Commission européenne, ces changements dans la réglementation de la mise sur le marché des médicaments sont proposés afin « de répondre aux attentes exprimées par les groupes de patients ». Les représentants des associations ne sont pas d'accord : *« Nous demandons une information médicale, disent les associations, ça n'a rien à voir avec la publicité »,* déclare Alain Roche, président de la Fédération européenne des usagers de santé (FEUS). Les mutuelles mettent en avant un autre argument, celui-là beaucoup plus économique, en s'appuyant sur la situation américaine : ainsi, aux Etats-Unis, en 2000, plus de 95 % des publicités pharmaceutiques destinées aux consommateurs ont été centrées sur 50 médicaments seulement, et ces mêmes médicaments sont responsables d'une très large part de l'augmentation des dépenses de pharmacie. Enfin, tous les experts le constatent, quand un laboratoire décide d'investir dans la publicité pour un médicament, c'est par stratégie de marketing, non par souci de santé publique.

« Le médicament n'est pas un produit de consommation banal », insiste le collectif Europe et Santé. D'autres aspects de cette directive posent également problème : la réduction de 210 à 150 jours du délai d'examen des dossiers de l'AMM (Autorisation de Mise sur le Marché) ne permet pas de « garantir une expertise de qualité ». De même, l'absence de réévaluation régulière des médicaments est inquiétante : pour assurer la sécurité des patients, cette réévaluation devrait avoir lieu tous les cinq ans au moins, indique le collectif. Enfin, la directive proposée par la Commission européenne fait l'impasse sur la pharmacovigilance, c'est-à-dire sur le suivi des effets secondaires quand le médicament est déjà en circulation et administré aux femmes enceintes. *« La pharmacovigilance est essentielle, aujourd'hui. Mais pour cela, elle ne doit pas être opaque »,* se plaignent les associations qui demandent que la directive soit sérieusement révisée. Rappelons que la Commission européenne qui sera chargée des autorisations de mise sur le marché ne prévoit en aucun cas d'accueillir en son sein des représentants des associations de consommateurs ou des associations de malades.

La terrasse

Salons de la préfecture de Tourmens,
vendredi 20 septembre 2002

Qu'est-ce que je fous là ? se demande Charly. Il déteste les mondanités et n'aurait jamais dû accepter la proposition de Llorca de le retrouver à la réception que le nouveau préfet de Tourmens offre à tous les notables du département. Et puis, Charly se sent très mal à l'aise à l'égard de son mentor. Quand il a appelé le vieux légiste, celui-ci lui a répondu de manière inhabituellement bougonne. Charly a insisté. Il voulait absolument lui confier ses soupçons au sujet de la Pronauzine (« – La quoi ? avait dit Llorca. – La Pronauzine ! – Ça me dit rien... ») et lui demander de revoir avec lui les comptes rendus d'anatomopathologie que lui a confiés Larski avant de partir en Israël.
 — Quels comptes rendus ?
 — Ceux des quatre autres femmes qui ont fait un *placenta accreta*. Je suis sûr que les lésions sont identiques pour toutes les quatre. Et on pourrait les comparer aux prélèvements que vous avez faits sur Frédérique Niort... Si vous les avez gardés.

— Non, je ne les ai pas gardés, tu te souviens que j'ai fait cette autopsie à ta demande ? Je n'allais pas te l'archiver, en plus !

— Bon, mais vous pourriez au moins jeter un coup d'œil aux lames des quatre autres ? C'est important, bon Dieu ! Si ces femmes ont toutes fait un accident à cause du même médicament...

— Tu n'en sais rien, c'est une pure spéculation. As-tu la preuve que ta patiente a pris de la lévogrhémuline ?

Charly met un temps à répondre.

— Euh... Non... J'ai épluché tous ses médicaments, il n'y en avait pas trace. Son mari m'a confirmé qu'elle n'avait rien pris. Mais il n'en savait peut-être rien...

— Si tu n'as pas la preuve, tu ne peux rien dire. Je te l'ai dit quinze fois, un *placenta accreta*, ça n'a rien de spécifique. Pourquoi veux-tu que ce soit un effet secondaire d'un médicament ? Pour ce que tu en sais, il peut s'agir d'une coïncidence !

— Une complication aussi rare ? Cinq fois en six semaines ? Impossible.

— Écoute, mon garçon, je t'aime bien mais il faut que tu évites de te monter une mayonnaise tout seul... Si ces bonnes femmes avaient fait une hémolyse ou une réaction allergique, je serais le premier à te dire de chercher le responsable parmi leurs médicaments, mais là... Et puis, je te le répète, ta petite patiente, celle qui est morte dans tes bras, là...

— Frédérique Niort.

— Oui. Elle n'a rien de commun avec les autres... Et les autres ne te concernent pas. Larski a reçu leurs dossiers, il va s'en occuper, ce n'est pas ton boulot...

Charly s'est tu. Après un long silence, il a dit d'une voix calme mais glaciale :

— Je n'aurais jamais cru que vous soyez aussi insensible.

Vous ne m'aviez pas habitué à ça... Larski m'a confié son dossier et ses lames. Cette enquête, je vais la continuer, avec ou sans vous.

Il a entendu Llorca soupirer.

— Bon, ça va. Tu as les lames, tu dis ?

— J'ai tout.

— Apporte-moi ça ce soir... Ah, non, merde, y a la réception du préfet... Retrouve-moi là-bas.

— Chez le préfet ? Vous rigolez !

— C'est le seul moyen pour que je m'échappe avant trois heures du matin. Tu me rejoins, tu me rappelles qu'on a du boulot, et tu me raptes pour m'emmener au CHU. De toute manière, la préfecture est sur ton chemin...

La perspective de se mêler à une réception n'enchantait pas Charly, mais si ça lui permettait de coincer Llorca, il voulait bien en passer par là.

La préfecture, un hôtel particulier du XIXe siècle, grouille de monde, et le jeune médecin s'y sent absolument incongru. Il est entré en se recommandant de Llorca, et le nom lui a servi de sésame mais ça n'a pas empêché l'huissier de le toiser. On ne doit pas avoir l'habitude de voir des types mal rasés en veste de cuir aussi fatiguée qu'eux, dans ces murs.

Charly se fraye un chemin parmi les invités en smoking et robe de soirée, et cherche Llorca des yeux. Il reconnaît, çà et là, des personnages qu'il préfère éviter. Voici l'inénarrable Karl-Albert Shames suivi comme une ombre par son Elena. Charly a croisé Shames à la fac lorsqu'il commençait ses études de médecine. Le futur gourou médiatique était alors un carabin plus préoccupé d'établir des relations de pouvoir que d'apprendre à soigner. Il fréquentait assidûment le doyen et plusieurs professeurs de renom ; il lui en est resté quelque chose. Shames vient d'apercevoir deux hommes en grande conversation. Charly ne connaît pas le premier, un sexagénaire distingué aux cheveux uniformément blancs, mais le second n'est autre que le Dr Garches, qui accueille le journaliste-animateur-vedette à bras ouverts.

— Pas étonnant que deux crapules comme Shames et Garches fraternisent, murmure Charly entre ses dents.

Dégoûté, il se détourne et scrute la foule. Comme Llorca ne mesure qu'un mètre soixante-dix, il se dit qu'il va avoir du mal à le trouver. Mais le légiste est un beau parleur, et ses récits de cadavres inconnus et de crimes parfaits élucidés grâce à une égratignure fascinent les femmes. Il suffit donc de repérer les attroupements. Si l'un d'eux est presque exclusivement féminin, il y a fort à parier que Llorca se trouve au milieu.

— Bonsoir, Char... docteur Lhombre. Vous venez voir la préfète ? demande une voix vaguement familière.

— Bonsoir, Jean... monsieur-le-juge-Watteau-de-Lermignat. Allez ! Je vous appelle Jean et vous m'appelez Charly, c'est plus simple.

Watteau serre la main que lui a tendue le jeune médecin.

— Je suis désolé d'être aussi empoté...

— Ne vous excusez pas. Je comprends. Je dois vraiment lui ressembler beaucoup.

— À *mon* Charly ? Oui, vraiment... Enfin, à ce que je me rappelle de lui. Je n'ai plus de photos. Si je vous en montrais une, vous trouveriez peut-être que vous ne lui ressemblez pas du tout...

— Peut-être. J'ai une amie – elle est neurologue au CHU... J'ai toujours trouvé qu'elle ressemblait beaucoup à Jacqueline Bisset. Quand je lui dis ça, elle me dit que je dois avoir des problèmes de reconnaissance des visages et qu'un de ces jours il faudra qu'elle me fasse un bilan complet... Moi, je prétends que la ressemblance ne réside pas dans les traits, mais dans *l'être*...

Watteau hoche la tête. Charly le regarde sans rien dire et demande doucement :

— Excusez-moi si je suis un peu abrupt mais... Est-ce que vous... avez vécu ensemble ?

Watteau répond machinalement :

— Charly et moi ? Non. Il était aussi hétéro que vous... Il n'a probablement jamais su à quel point je tenais à lui...

Il se ressaisit, lève un sourcil et penche la tête de côté.

— Dites donc, toubib ! Vous avez le don pour mettre les gens en confiance et leur tirer les vers du nez ! Vous n'avez jamais pensé devenir juge d'instruction ?

— Jamais de la vie ! Je rêve de justice, mais j'ai le sentiment que dans ce pays, trop de flics et de juges ne travaillent pas pour elle ! Enfin, ne le prenez pas mal !

— Je ne le prends pas mal, je pense la même chose. Moi aussi, j'ai horreur de l'injustice... Depuis l'adolescence, évidemment... C'est pour ça que je suis juge d'instruction.

— Je ne vous suis pas...

— Un juge d'instruction, ça instruit à charge *et* à décharge. Tout le monde l'oublie. Pas moi.

— C'est pour ça qu'on vous appelle « Saint Juge » ?

— C'est une invention de Llorca. Je ne suis pas sûr qu'elle traduise la pensée de tout le monde au palais...

— Justement, je cherche Bernard Llorca. Vous ne sauriez pas où je peux le trouver ?

— Je l'ai aperçu sur la terrasse, venez.

Lhombre et Watteau se fraient un chemin parmi la foule. Au passage d'un serveur, Watteau attrape deux flûtes à champagne et en propose une à son compagnon. Dehors, il fait bon. La terrasse, elle aussi, grouille de monde. Et, comme Charly le pressentait, un groupe majoritairement féminin s'est formé dans un coin, près de la balustrade. On entend des oh ! et des ah ! Les deux hommes s'approchent.

— ... Et donc, l'officier de police me dit : « C'est un suicide. » Et moi, je lui réponds...

— « Deux balles tirées à travers un oreiller et qui pénètrent par le même orifice ? C'est un suicide extralucide ! »

Le groupe se tourne vers le nouvel arrivant. Charly a mis la main devant la bouche et fait mine d'être pris en faute.

— Oups ! Pardonnez-moi, mesdames. Depuis vingt ans, le professeur Llorca donne l'affaire Lucet en exemple à tous ses étudiants, et il demande qu'on la connaisse par cœur... En l'entendant parler, ça m'a échappé...

Le groupe hésite entre le sourire et la gêne.

— Mesdames, déclare Watteau, je vous présente le docteur Charly Lhombre, généraliste et futur successeur du professeur Llorca à la bonne chaire de médecine légale...

— Pas tout de suite, cher Jean, pas tout de suite... Laissez-moi le travailler un peu...

Llorca attire Charly au centre du groupe et se met à lui présenter les femmes qui l'entourent. Conscient d'être à peine présentable, Charly serre des mains et hoche maladroitement la tête. Llorca se tourne vers une très jolie femme aux cheveux roux qui se tient, sans rien dire, près de lui.

— Enfin, voici Bunny, qui revient d'Afrique et rejoint à contrecœur le monde du capitalisme. Ma chère Bunny, Charly a été deux ans médecin d'une mine au Nigeria et en guise de promotion, à présent, il remplace les généralistes dans la campagne tourmentaise. Tous les deux, vous devriez vous entendre...

Charly connaît bien le vieux légiste et il le voit venir. Llorca n'a pas la moindre envie de retourner au CHU avec lui et il essaie de lui coller une fille dans les pattes pour échapper à la corvée. Mais ça ne marchera pas. Aussi sèchement qu'il le peut, il le prend par le bras et dit :

— On a du boulot. Vous vous souvenez ?

— Viens ! lui répond Llorca entre ses dents. Faut qu'on cause.

Tandis qu'il marche derrière lui, Charly sent que son vieux prof fulmine. Mais il n'a rien à foutre de cette réception mondaine. Le cadavre éventré de Frédérique Niort crie justice, et il ne l'abandonnera pas.

Llorca l'a entraîné à l'étage, et le fait entrer dans un salon vide.

— Écoute, petit bonhomme, je t'aime bien mais faut pas pousser. Tu sais combien d'heures je bosse par jour ? Alors, pour une fois que je passe du bon temps en bonne compagnie, tu vas me laisser respirer. T'as apporté le dossier et les lames ?

— Oui, je les ai ici, dans ma sacoche.

— Alors t'as qu'à me les laisser. Demain matin, je les emporte au labo à la première heure, je jette un coup d'œil dessus et je te donne une réponse avant midi. Et tu dis merci, parce que je te fais ça en plus de tout le reste ! Ça te va comme ça ?

Charly est en colère, et le ton sur lequel Llorca s'adresse à lui ne contribue pas à le calmer. Jamais le légiste ne l'a traité ainsi.

— Non, ça me va pas. Larski m'a confié son dossier, je ne le lâche pas. C'était pas la peine de me dire de venir jusqu'ici. Je vous apporterai les lames demain matin au labo. Vous n'avez qu'à aller retrouver vos pouffiasses.

Llorca tourne les talons et sort du salon en claquant la porte.

Debout dans le salon vide, Charly sent ses épaules s'affaisser. Il regrette déjà ses paroles. Llorca est plus qu'un ami ou un mentor, c'est une figure paternelle. C'est lui qui a incité

Charly, à son retour d'Afrique, à s'intéresser à la médecine légale.

« Tu seras un bon généraliste, pas de doute, mais on a aussi besoin de bons légistes, et tu pourrais être les deux... »

Pris de remords à l'idée d'avoir vexé Llorca, Charly se dirige vers la porte.

— Oui ! Oui !

Les cris viennent d'une porte entrouverte, de l'autre côté du salon. Charly le traverse et jette un œil dans l'autre pièce. Quatre personnes y composent un curieux tableau. Pantalon baissé, Karl-Albert Shames est allongé sur un canapé. Agenouillée entre ses jambes, Elena lui pompe vigoureusement le sexe tandis que, debout derrière elle, le Dr Garches la sodomise. De temps à autre, la bouche d'Elena délaisse Karl-Albert, se tourne vers le visage congestionné de Garches, pousse sans conviction de petits « Oui, oui ! » pour l'encourager et se remet consciencieusement à astiquer le membre de son seigneur et maître. Confortablement assis à trois mètres de là, le sexagénaire aux cheveux blancs que Charly a aperçu tout à l'heure surveille d'un œil de connaisseur les ébats du trio en sirotant un cognac.

Sans bruit, Charly referme la porte et traverse le salon dans l'autre sens. Perplexe, il redescend l'escalier en regrettant de ne pas avoir eu d'appareil photo sous la main, pour s'assurer, dans quelques jours, qu'il n'a pas rêvé ! Il pense tristement qu'il doit être vraiment fatigué, car la scène ne l'a même pas excité – mais, au fond, les mœurs sexuelles des grands bourgeois l'indiffèrent. Il cherche Llorca des yeux, le découvre à nouveau entouré d'un aréopage féminin. Il hésite, puis se dit qu'il vaut mieux ne pas le harceler une nouvelle fois. Il sera bien temps de faire amende honorable le lendemain matin.

Au moment où il atteint la sortie, il sent quelqu'un s'approcher de lui.

— Vous partez déjà ?

C'est Bunny, la jolie femme rousse que Llorca voulait lui présenter.

— Oui, je ne suis pas vraiment à ma place...

— Je comprends. Moi non plus... Ce luxe est indécent et je n'ai rien à dire à tous ces...

— Vieux ?

— Oui. Ils sont vieux dans leur tête... Vous repartez à la campagne ?

— Non, je préfère rentrer chez moi. J'ai un microscopique studio dans le centre. Et vous ?

— Une amie m'héberge en attendant que j'aie trouvé un appartement...

— Voulez-vous que je vous dépose ? Ma voiture... enfin, ce qui m'en tient lieu, est à deux pas.

Elle le regarde, hésite, puis accepte. Ils sortent, sans savoir que, du haut de l'escalier, Jean Watteau les observe.

Une certaine rencontre

Il fait plus frais dans la rue que sur la terrasse. Bunny frissonne. Galamment, Charly ôte sa veste et la lui met sur les épaules. Il la reconduit jusqu'à l'appartement de son amie. Au moment où elle va descendre de voiture, elle lui propose de monter boire un verre, il est encore tôt, son amie n'est pas en ville ce week-end, elle aimerait parler de leurs expériences en Afrique. Charly ne se fait pas prier et monte avec elle. Elle lui sert un verre, s'assied à l'autre bout du canapé. Elle le fait parler, elle l'écoute, se rapproche de lui insensiblement à mesure qu'il parle et que la nuit s'avance. Charly se laisse faire en souriant intérieurement. Vu son état de fatigue, il doute de ses capacités et le cadavre béant de Frédérique Niort n'arrange rien. Mais la jeune femme bien vivante qui pose à présent la main sur son genou a des arguments de poids. Bientôt, voilà Charly rassuré. En s'aventurant un peu plus haut, la main de Bunny a provoqué une heureuse résistance et ses lèvres rencontrent une bouche qui ne demande qu'à se taire. Ils se déshabillent frénétiquement l'un l'autre. Tandis qu'enchevêtrés, ils titubent vers le lit, une vieille chanson de carabins lui revient en mémoire – *Non non non, Charly Lhombre n'est pas mort/ Non non non, Charly Lhombre n'est pas mort/Car il bande en-core/Car il bande en-core.*

Le jour se lève

Tourmens, place des Plumes,
samedi 21 septembre, 8 h 45

Charly a eu du mal à s'arracher aux bras de Bunny, mais il tient à coincer Llorca dès son arrivée dans le service, vers 9 heures.
Avec un soupir de regret, il regarde une dernière fois la jeune femme étendue dans le lit, enfile sa veste, saisit sa sacoche et sort de l'appartement.
La place est déjà animée, le petit marché s'y est installé. Bunny a bien fait de lui conseiller de se garer dans la cour de l'académie de musique, toujours ouverte. S'il n'avait pas suivi son conseil, sa bagnole serait à présent à la fourrière.
Il entre dans la cour, ouvre la portière de la voiture, jette la sacoche sur le siège et se sent brutalement tiré en arrière par des bras qui l'immobilisent. Un homme au visage recouvert d'une cagoule se plante devant lui et le frappe au ventre. Charly se plie sous la douleur tandis que, méthodiquement, une multitude de poings et de pieds se mettent à le rouer de coups.

Assommé, il n'oppose aucune résistance. Au bout d'une éternité, l'un des hommes se penche vers lui et lui murmure à l'oreille :

— Dorénavant, occupe-toi de tes affaires... et *seulement* de tes affaires.

Le meilleur des mondes possibles, 6

La Gazette de Tourmens, numéro daté du 21 septembre 2002

Il inséminait ses patientes avec son propre sperme

Un article récent du Washington Post *a jeté un froid dans les milieux habituellement feutrés de la procréation médicalement assistée. Le bureau du procureur de Manhattan a en effet récemment mis au jour les activités très particulières d'un gynécologue new-yorkais réputé pour son expérience dans le domaine de l'insémination artificielle. À la suite d'une plainte pour escroquerie, les enquêteurs ont découvert que le Dr Jordan Gilbert, spécialiste réputé de l'insémination artificielle, ne pratiquait plus depuis plusieurs années de dépistage du VIH sur les donneurs de son centre de conservation du sperme. Persuadés de se trouver devant un délit grave, les membres du bureau du procureur ont eu la surprise de constater que si les tests n'étaient pas pratiqués, c'était parce que, depuis plusieurs mois, tous les donneurs n'en faisaient plus qu'un : le gynécologue lui-même. Les tests de paternité effectués avec l'accord des parents sur une vingtaine d'enfants conçus dans son centre ont confirmé que le gynécologue était bien le père biologique d'une grande partie d'entre eux*

— la banque de sperme de la clinique où exerce le Dr Jordan recueillait elle aussi, par ailleurs, du sperme de donneurs volontaires. Le praticien a expliqué que cette « méthode » avait pour triple avantage de fournir du sperme de bonne qualité avérée — lui-même a six enfants en pleine santé —, d'économiser le coûteux dépistage du sida, et d'éviter d'avoir recours à des donneurs rémunérés. Le Dr Jordan n'a pas été inculpé, car sa « méthode » n'est en aucune façon interdite par la loi de l'État de New York. Saisi par le bureau du procureur, un juge de Manhattan a refusé d'imposer au Dr Jordan d'indiquer clairement à ses clients que le sperme était le sien, mais ordonné que le praticien précise aux futurs parents que les paillettes utilisées pour les inséminations viennent en grande majorité d'un seul et même donneur. La multiplication de nombreux enfants issus du même père dans une aussi petite zone géographique pourrait en effet avoir des conséquences graves : compte tenu du nombre de femmes inséminées chaque année, on estime que le Dr Jordan pourrait être le père biologique de 500 à 700 enfants new-yorkais, vivant le plus souvent dans des familles aisées et donc susceptibles un jour prochain de fréquenter les mêmes écoles, voire de former des couples.

Laura, 6

(Septembre 2002)

Le Dr Garches scrute le dossier de Laura et, perplexe, secoue la tête.

— Apparemment, tout ce que nous avons essayé jusqu'à présent s'est révélé vain : calcul du cycle, amélioration de la glaire, traitement hormonal, insémination artificielle par le père puis par donneur... Enfin, dit-il en regardant le jeune couple d'un air paternel, il nous reste la FIV.

— Oui, mais justement, nous voulions vous poser une question...

— Je vous écoute, mais vite, car vous savez, je suis toujours très pressé.

— Nous voulions savoir (Laura se tourne vers Luc) si on ne peut pas attendre un peu avant de se lancer dans la FIV. D'abord parce que c'est très contraignant : la stimulation ovarienne, le recueil d'ovules, l'implantation, tout ça demande d'être totalement disponible et nous travaillons tous les deux...

— Ma petite dame, il faut savoir ce que vous voulez ! Travailler ou avoir un enfant. Si vous voulez un enfant, vous serez un jour ou l'autre contrainte de cesser de travailler, au moins temporairement. Et – quel âge avez-vous déjà ? Ah, oui, vingt-sept ans – l'horloge tourne ! D'autre part, il faut bien comprendre que toute l'équipe ici s'investit jour et nuit pour aider les femmes à avoir un bébé. Lorsqu'une de ces femmes baisse les bras, tout le monde est navré. Et je ne vous cache pas que mes collaborateurs préfèrent s'occuper des femmes qui ont le courage d'aller jusqu'au bout...

— Mais, insiste Laura, est-ce que nous pouvons prendre un tout petit peu de temps pour réfléchir et nous organiser ?

— Oui, mais pas plus d'une semaine, ma chérie. Vous savez que le planning de FIV est très, très chargé et que les places sont chères...

— On laisse tomber, dit Luc.

— Tu es fou ! On n'a pas fait tout ça pour rien...

— On laisse tomber, je te dis ! Je n'aime pas ce type, je ne l'ai jamais aimé, je n'aime pas ses méthodes, sa clinique, sa suffisance, sa manière de t'appeler *ma chérie* et la pancarte de l'entrée sur laquelle il affiche le prénom de tous les bébés qu'il a faits à ses patientes.

— Luc, tu es sûr...

— Laura, écoute-moi. Je ne voulais pas t'en parler, mais la semaine dernière, pendant que l'assistant de Garches te faisait une échographie pour préparer la manière dont ils iraient te charcuter pour récupérer tes ovules, j'étais assis à côté d'une femme qui a eu une FIV il y a quatre mois. C'était la troisième en deux ans. Comme toujours, on lui a implanté quatre ovules fécondés, pour être sûr qu'il allait en survivre au moins un. Le problème, c'est que cette fois-ci, les *quatre tiennent*.

— Mon Dieu ! Des quadruplés !
— Non, elle ne va pas avoir des quadruplés. Elle a plus de quarante ans, Garches lui a dit que le risque d'accouchement prématuré ou de fausse couche est trop grand. Alors...
— Alors ? Dis-moi ! Tu en as dit trop ou pas assez.
— Alors, ils vont lui faire ce qu'ils appellent « une réduction ».
— Une *réduction* ? Tu veux dire...
— Oui, ils vont... je ne sais pas comment, il vont provoquer la mort de deux embryons, dans son ventre... Pour qu'elle n'ait que des jumeaux... J'ai bien écouté cette femme et son mari parler ensemble. Ils sont résolus à le faire parce qu'ils ont plus de quarante ans tous les deux, et n'ont pas d'enfants. Ça va être très pénible pour eux, mais ils n'ont pas trop le choix, c'est leur décision et je la respecte. Mais nous, Laura ? Nous n'avons pas trente ans ni l'un ni l'autre. Une grossesse n'est pas venue tout de suite ? Et alors ? Nous avons le temps. Toi comme moi on a entendu plein de femmes raconter que lorsqu'elles ont arrêté les frais et envisagé d'adopter un enfant, comme par hasard, elles ont fini par être enceintes. Tu as lu comme moi les articles qui affirment que les femmes enceintes après FIV auraient probablement fini par être enceintes de toute manière. Alors, je veux qu'on s'arrête là. Je veux qu'on laisse la vie décider. Si nous devons avoir des enfants, ils viendront sans médecin. Si nous ne devons pas en avoir, tant pis. Mais je ne veux pas avoir à expliquer un jour à notre enfant que, pour qu'il soit sûr de vivre, nous avons dû nous résoudre à tuer son frère ou sa sœur. Ça, c'est au-dessus de mes forces.

Garde à vue

Château de Lermignat,
dimanche 22 septembre, 22 h 30

— Comment vous sentez-vous ? demande Watteau.
Charly se redresse péniblement sur le canapé et regarde autour de lui. Il est déjà entré dans le grand salon du château lors de sa première visite à Mme de Lermignat mais, ce jour-là, les lustres ne tournaient pas.
— Douloureux, répond Charly, mais j'arrive à penser. C'est déjà ça. J'ai dormi…
— Vingt-quatre heures d'affilée…
— Fichtre. Qui a pris les appels de garde ?… Merci de m'avoir accueilli. Ce n'est pas très orthodoxe…
— Vous faites erreur : c'est parfaitement réglementaire. J'ai toute latitude pour assigner un témoin à résidence sous surveillance policière et rien ne m'interdit de le faire dans un lieu privé. Chez moi, si je veux. En l'occurrence, c'est ce qu'il y avait de plus pratique.
— Je suis un… témoin sous protection ?
— En quelque sorte.

— Ça explique le planton devant ma porte. Mais pourquoi ?

— Je ne le sais pas encore mais si vous voulez bien me raconter à quoi vous jouez depuis quelque temps, nous allons peut-être le découvrir ensemble... Votre manège avec Llorca ne m'a pas échappé, vous savez. Et vous attirez l'attention de personnages dangereux.

— Ah oui ? De qui parlez-vous ?

— Du bon Pr Garches. Et de Louis de Solignac, le P.D.-G. de WOPharma. Entre autres...

— De Solignac ? Je devrais le connaître ?

— Vous ne l'avez pas vu, à la réception du préfet ? Un type grand, la soixantaine distinguée, des cheveux tout blancs...

Charly se redresse sur le canapé en se tenant les côtes.

— Ah, oui, je l'ai vu... Dans un des salons du préfet...

Il s'étire, émet un petit rire douloureux.

— Il regardait un porno sans le câble... Avec Garches en vedette...

— De Solignac contrôle à peu près tout ce qui se passe dans le monde du médicament en France. Les trois quarts des membres de la commission de mise sur le marché des médicaments servent d' « experts » à l'une ou l'autre des filiales du groupe WOPharma. Il a passé des accords avec ses principaux concurrents pour se partager le marché pharmaceutique national...

— Comme le font Gallimard, Grasset et Le Seuil avec les prix littéraires ?

— C'est exactement ça, répond Watteau avec un sourire d'appréciation.

— Je vois. Et Garches ?

— Garches est l'un de ses faire-valoir les plus efficaces. Il manipule très bien les médias...

— Oui, je l'ai vu sonder Elena en direct... Intéressants personnages... Mais quel rapport avec moi ?

— C'est bien ce que je voudrais savoir. L'agression d'hier est tout à fait dans le genre de Solignac. Tabasser pour dissuader. Il vous a sûrement fait suivre quand vous avez quitté la résidence du préfet. Ce que j'aimerais comprendre, c'est pourquoi ils s'en sont pris à vous...

— Pas à moi... Au dossier que je trimballais... Ils m'ont fauché ma sacoche.

— Ah ! Donc, vous avez bien quelque chose à me raconter...

— Oui, m'sieur le juge. Mais installez-vous confortablement, ça va prendre un moment... Là, rien que de vous voir debout, ça me donne le vertige...

— Une petite seconde, je vais chercher quelqu'un.

Watteau sort du grand salon. Sur un bureau, à quelques mètres, Charly aperçoit un ordinateur portable ouvert. Un rire homérique retentit dans le couloir et Watteau fait entrer une femme d'environ trente-cinq ans, à la peau café au lait et au sourire éclatant.

— Charly, je vous présente ma greffière, madame Clémentine Basileu. Madame Basileu, le docteur Charly Lhombre, avec qui je vais avoir le plaisir de discuter ce soir. Merci encore de vous être déplacée un dimanche, ça nous permettra de gagner du temps.

— Oh, mais c'est un plaisir, monsieur le juge. D'abord parce que j'ai pu enfin rencontrer votre maman et j'en suis ravie. Elle et moi, nous sommes faites pour nous entendre ! Bonsoir, docteur.

Clémentine Basileu serre la main que lui tend Charly et fait le tour du bureau pour s'installer derrière l'ordinateur portable.

— On y va quand vous voulez...

— Déposition de M. Lhombre, Charly, né le...

*
* *

— Et donc, conclut Charly, j'ai compris que Garches trempait jusqu'au cou dans un truc louche quand j'ai vu qu'il avait cosigné une des études sur la lévogrhémuline, il y a une quinzaine d'années... mais que sur les documents actuels, qui sont distribués aux médecins, son nom avait été supprimé de la liste des participants à l'étude. Voilà comment on se présente comme expert « indépendant »... Quel salopard !...

Watteau se lève et, en silence, se dirige vers l'une des grandes fenêtres du château. Puis il fait volte-face et revient vers Charly.

— Docteur, ce que je vais vous dire ne va pas vous plaire... Ce qui vous arrive est directement lié à l'assassinat du Pr Seryex.

— Comment ça ?

— Les techniciens de l'identité judiciaire ont ouvert les dossiers informatiques de Seryex. Tous les fichiers étaient intacts, sauf ceux d'une expertise concernant un produit des laboratoires D&F. Un médicament antinauséeux...

— La Pronauzine...

— Exactement. Il y a fort à parier que Seryex les a effacés lui-même et a fait des copies qu'il se proposait de déposer en lieu sûr le matin de sa mort. Il avait sans doute découvert la preuve que la Pronauzine avait des effets secondaires graves, et il a voulu faire suspendre sa commercialisation. Quelqu'un l'a intercepté au moment où il quittait son département. Probablement pas un tueur, qui l'aurait exécuté sur-le-champ, je pense plutôt à quelqu'un qui voulait discuter, le convaincre de se taire. Seryex n'a pas cédé, l'autre l'a menacé, et vous connaissez la suite, nous en avons discuté l'autre jour avec Llorca...

— D'accord, j'ai pigé... Alors, le dossier de Larski...

— ... aurait probablement confirmé que la mort de ces quatre patientes était, de près ou de loin, je ne sais comment encore, due à la Pronauzine. Voilà pourquoi de Solignac avait aussi besoin de le récupérer.

— Mais la Pronauzine n'est pas un médicament de WOPharma...

— Oh, c'est tout comme : D&F appartient à *Madame* de Solignac...

— Ah, *bien*... J'ai toujours été trop fauché pour avoir conscience de la réalité du monde...

Charly repousse la couverture posée sur ses genoux et se lève.

— Est-ce que vous avez des soupçons sur celui ou celle qui a pu assassiner Seryex ?

— Pas seulement des soupçons. Un indice accablant. Nous avons récupéré la douille du projectile qui lui a traversé le crâne. Et, sur la douille, il y avait une empreinte de pouce très nette.

— L'empreinte de qui ?

L'*aveu*

Tourmens, lundi 23 septembre, 13 h 15
Transcription d'interrogatoire

Le prévenu : Ça ne vous ennuie pas que je finisse ?
Watteau : Je vous en prie.
Le prévenu : C'est gentil... Alors, je commence par quoi ?
Watteau : Par le début. La Pronauzine...
Le prévenu : Ah, oui, cette foutue Pronauzine... Au début des années 80, quand le Progravid a été interdit par la *Food and Drugs Administration*, D&F l'a mal pris, évidemment. Bien sûr, il leur restait sa petite sœur, la dextrogrhémuline, mais un antinauséeux destiné aux cancéreux, ce n'était pas aussi spectaculaire qu'un inducteur de l'ovulation qui marche dans 85 % des cas et dans la plupart des stérilités ovariennes... Et puis, il leur fallait marcher sur des œufs, car la dextrogrhémuline n'était pas vraiment plus sûre que la lévogrhémuline...
Watteau : Comment cela ?
Le prévenu : Les deux « isomères » de grhémuline, le L et le D, sont deux formes en miroir de la même molécule.

La forme détermine l'activité. Une molécule, c'est comme une clé de porte : si vous faites une copie inversée de cette clé, elle n'ouvrira pas la même porte. *Stricto sensu*, l'isomère D n'ouvre pas la même porte que l'isomère L : il ne déclenche pas d'ovulation. Mais il suffit que l'acidité du milieu ou la température change pour que le D se transforme en L ou inversement. Les pharmacologues de D&F le savaient. Alors, ils se sont mis à tester l'isomère D sur des pays du tiers-monde pour voir si en bidouillant les doses, on ne pouvait pas quand même provoquer des ovulations... sans effets secondaires.

Watteau : Dans quel but ?

Le prévenu : Ils expérimentaient un autre inducteur de l'ovulation, qu'ils auraient bien voulu mettre sur le marché, mais qui ne marchait pas. Leur idée de génie a consisté à faire rédiger la notice de la Pronauzine de manière tordue : « pour soigner les nausées induites par la chimiothérapie anticancéreuse *ou par d'autres médicaments* ». Ces « autres médicaments », ça pouvait être n'importe quoi... y compris leur inducteur de l'ovulation bidon. L'essentiel, c'était de pouvoir continuer à donner de la Pronauzine à des femmes en bonne santé. Une fois que la notice les y autorisait, ils ont pu monter en toute légalité des essais factices où on donnait systématiquement de la Pronauzine « pour prévenir les nausées » aux femmes à qui on administrait l'inducteur bidon. Ça passait inaperçu car les nausées sont un effet secondaire fréquent de beaucoup de médicaments. On peut même provoquer des nausées avec un placebo, si on dit au patient qu'il risque de vomir. Alors, la prescription systématique d'un antinauséeux n'étonnait personne. En réalité, la Pronauzine était là pour *induire* les ovulations... Du coup, tous les centres qui s'occupaient de procréation assistée se sont mis à suivre le mouvement. Ils donnaient de la Pronauzine à *toutes* les femmes qui consultaient pour un retard à la procréation, *avant* qu'elles soient enceintes. Evidemment, les femmes sous Pronauzine finissaient par se retrouver enceintes, et les équipes pouvaient tranquillement noter que, tout compte fait, la Pronauzine était « bien tolérée par les femmes enceintes »... *et pouvait donc leur être administrée*... Joli tour de passe-passe. Muni de ces résultats de tolérance encourageants observés « accidentellement », D&F a déposé une demande d'extension de son AMM. Or, les trois quarts des membres de la commission émargent chez D&F ou chez un laboratoire associé – il suffit de regarder la déclaration d'intérêt publiée chaque année par l'Agence de sécurité sanitaire. Ces mêmes « experts » étaient ceux qui avaient ajouté la mention *ou par d'autres médicaments* à la notice de Pronauzine. Il n'a pas été difficile de les convaincre de l'autoriser aussi chez la femme enceinte. Le plus drôle, c'est qu'ainsi D&F jouait sur deux tableaux. Au bout de quelques années, des chercheurs « indépendants » finiraient par découvrir « par hasard » que la Pronauzine induisait aussi l'ovulation, et elle serait devenue le traitement de référence de la stérilité ovarienne.

Watteau : Re-devenue...

Le prévenu : C'est ça...

Watteau : Quelle était la place du Pr Seryex dans ce dispositif ?

Le prévenu : C'est le seul du lot qui n'en avait jamais croqué. Il était l'expert qui apportait sa caution au dossier, justement parce qu'il était intègre. Seulement, il y a eu un hic...

Watteau : Il n'a pas voulu aller jusqu'au bout ?

Le prévenu : Au contraire. Il a trop bien travaillé. Il avait été chargé d'étudier toutes les données pharmacologiques que D&F possédait sur les deux molécules. Mais c'était un type obsessionnel, qui connaissait beaucoup de chercheurs un peu partout dans le monde et il s'est mis à chercher la petite bête dans les coins perdus. À force de fouiller, il est tombé sur des essais qu'il n'aurait pas dû voir. D&F avait expérimenté la dextrogrhémuline en Amérique du Sud dans les années 70. Les expérimentateurs avaient découvert qu'au bout de dix jours de traitement on retrouvait l'isomère L à part égale avec l'isomère D dans le sang et que ses effets secondaires toxiques commençaient à apparaître... Le labo le savait, mais il avait décidé de se taire.

Watteau : Comment Seryex a-t-il eu la connaissance de ces résultats ?

Le prévenu : Par de jeunes pharmacologues qu'il avait formés à Tourmens et qui avaient mis la main dessus dans leur pays. Il a compris qu'à terme, à force de multiplier et de rallonger les traitements par la Pronauzine, on provoquerait des catastrophes. Inévitablement, on finirait par observer aussi des *placenta accreta* chez les utilisatrices de la Pronauzine.

Watteau : Comment avez-vous su que Seryex était au courant ?

Le prévenu : (rire) *Parce qu'il me l'a dit !* Nous faisions tous les deux partie des experts « indépendants » chargés d'étudier le dossier d'extension d'AMM de la Pronauzine. Nous nous connaissions depuis toujours, nous bossions dans le même hôpital. Quand il a découvert le pot-aux-roses, il est venu me voir, affolé. Il ne savait pas que je n'étais pas aussi « indépendant » que lui. Je me suis dit tout de suite qu'il allait nous donner du fil à retordre. Ça sentait le roussi. C'était un brave type ; je ne voulais pas qu'il lui arrive des bricoles. J'ai discuté avec lui, j'ai cherché à le convaincre de laisser tomber, qu'il n'avait qu'à oublier les études sud-américaines, dire qu'il ne les avait pas reçues... Il n'a rien voulu savoir, il a compris que je roulais pour D&F. Quand j'en ai parlé aux dirigeants de la boîte, ils m'ont demandé de le faire venir. Avec ce crétin de Garches et un des patrons de la boîte, je l'ai reçu dans une des salles de WOPharma, pour que ce soit plus discret. Mais son intégrité était absolue... Alors, évidemment, il nous a craché à la gueule.

Watteau : Qui vous a donné l'ordre de le tuer ?

Le prévenu : Personne. Je n'avais pas l'intention de le tuer... D&F avait payé un cabinet d'études pour monter sur lui un dossier compromettant et étaler sa vie privée au grand jour, mais ça n'avait pas marché car Seryex avait la vie privée d'un moine. Seulement, même si on lui enlevait le dossier, il restait dangereux – il pouvait témoigner et révéler toute l'opération. Comme je n'y tenais pas du tout, je les ai convaincus de me laisser faire. J'étais persuadé que je parviendrais à l'arrêter ou au moins à le neutraliser. Mais je ne voulais pas le tuer. J'ai pris une arme parce que je pensais l'effrayer. Quelle idiotie...

Watteau : Que s'est-il passé ?

Le prévenu : Il savait que D&F risquait d'intercepter le dossier s'il se contentait de l'envoyer à un chef de cabinet – qui peut toujours avoir été acheté ou manipulé – ou à la commission d'AMM, qui grouille de collaborateurs de WOPharma. Alors, il s'était mis dans la tête de *vous* l'apporter en main propre ! J'ai voulu le retenir, l'empêcher d'aller déposer le dossier au tribunal... Je l'ai menacé de mon arme, mais il n'avait pas peur. J'étais terrorisé par les conséquences, j'ai tiré. Il a à peine tressailli. Je n'en ai pas cru mes yeux quand je l'ai vu monter dans la voiture. Je lui ai arraché l'enveloppe, avant qu'il ne referme la portière, il ne s'en est même pas aperçu... Et puis il a démarré et il est sorti du garage.

Watteau : Qu'avez-vous fait des documents ?

Le prévenu : Je les ai remis... à quelqu'un.

Watteau : À qui ?

Le prévenu : Ça, je ne vous le dirai pas. La certitude que mon avocat sera grassement rémunéré est à ce prix. Et puis, c'est une assurance-vie... Pour ce qu'il m'en reste. Mais si vous voulez coffrer Garches, ne vous gênez pas. J'ai cinquante mille choses à vous dire à son sujet... Ce salopard mérite largement de finir sa vie en taule.

Watteau : Veuillez noter que le prévenu refuse de dire à qui il a remis les documents volés au Pr Seryex.

Le prévenu : Est-ce que je peux vous poser une question ?

Watteau : Je vous en prie.

Le prévenu : Vous avez vraiment trouvé une de mes empreintes sur la douille ?

Watteau : Oui.

Le prévenu : Je ne savais pas que c'était possible... J'ai bien cherché à la récupérer, mais il y avait cinq centimètres d'eau dans le sous-sol, je me suis dit qu'elle allait partir à l'égout et que, de toute manière, le séjour dans l'eau...

Watteau : Les chargeurs contiennent souvent un peu de graisse. Et la graisse conserve longtemps les empreintes, même dans l'eau. Avec l'appareillage adéquat, on arrive à les restituer. Mais j'avais compris que vous aviez tué Seryex avant d'avoir retrouvé la douille.

Le prévenu : Comment ?

Watteau : *Parce que vous me l'avez dit !* Pendant plusieurs jours, nous avons cru que Seryex avait reçu une balle alors qu'il était au volant. Quand j'ai reçu le rapport de Toulet, j'ai compris qu'on lui avait nécessairement tiré dessus *avant* qu'il ne monte en voiture. Or, le laborantin qui l'a vu sortir du service m'a appris que Seryex, qui se garait toujours à la fac de médecine, avait pour une fois rangé son véhicule dans le sous-sol du département. Et qu'à son arrivée, à 7 h 30, il n'avait vu qu'une seule voiture, la BMW de Seryex. Il était facile de déduire qu'on lui avait tiré dessus dans le sous-sol. Mais je n'ai fait part de ma petite idée à personne. Huit jours à peine après la mort de Seryex, nous étions assis à cette même table, vous vous en souvenez ? Le Dr Lhombre m'a expliqué que Seryex pouvait très bien avoir conduit son véhicule avec une balle dans la tête. Je vous ai regardé, Llorca et, curieusement, vous avez mis son hypothèse en doute, ce qui m'a paru bizarre. Mais surtout, après avoir déclaré que vous n'aviez pas le permis, vous avez ajouté : « Je ne vois vraiment pas ce brave Seryex *patauger* dans le garage du CHU, monter en voiture et prendre la rocade, le tout avec une balle dans le crâne. » Vous ne conduisez pas, vous n'avez donc jamais aucune raison de vous rendre au sous-sol. Comment pouviez-vous savoir non seulement qu'on avait tiré sur Seryex dans le sous-sol, mais en plus, *que ce matin-là, le sous-sol était inondé* ?

Le prévenu : (soupir) Bien vu, Jean…

Watteau : Ensuite, tout prenait sens. Il était impensable qu'un assassin ait attendu Seryex toute la nuit dans le sous-sol. Vous vous trouviez quelques étages plus haut, dans votre propre service, n'est-ce pas ?

Le prévenu : Oui. Je lui avais parlé la veille. Je l'ai appelé de mon bureau vers 8 heures pour lui dire que je voulais une réponse. Encore une fois, il m'a envoyé paître. J'ai pris l'ascenseur jusqu'à son étage ; j'étais dedans quand il y est entré à son tour. Il m'a insulté, mais ne s'est pas démonté. Il a appuyé sur le bouton du sous-sol et fait comme si je n'étais pas là. Il avait la tête dure…

Watteau : Qui a volé le dossier que détenait Charly Lhombre ?

Le prévenu : Je refuse de répondre à cette question… Voilà, j'ai fini. Ce bar aux girolles était délicieux. Merci de m'avoir laissé le finir. On va pouvoir y aller…

Watteau : Vous n'avez rien à ajouter ?

Le prévenu : Je ne crois pas… Enfin, si ! C'est sur mes conseils que Charly Lhombre a fait de la médecine légale ;

l'ironie de cette histoire, c'est que vous m'avez épinglé grâce à lui...

Watteau : Vous voulez dire, à cause de notre conversation de l'autre jour ?

Le prévenu : Oui, mais pas seulement. Charly est jeune, sensible. Il était tellement choqué par la mort de sa jeune patiente qu'il voulait lui trouver une explication. En entendant Larski lui parler des quatre autres cas de *placenta accreta*, il a sauté aux conclusions. Ce qu'il ne savait pas, c'est que la mort de sa patiente n'a jamais rien eu à voir avec les autres. Elle n'avait pas pris de médicaments ; j'ai pratiqué l'examen anatomopathologique du placenta, il n'avait pas les caractéristiques des effets de la Pronauzine... Cette jeune femme est morte d'une complication rare survenue par hasard. Bizarrement, grâce à Charly, elle n'est pas morte pour rien...

Le Monde Perdu

Tourmens, Palais de justice,
lundi 23 septembre, 19 heures

Charly repousse la déposition de Llorca.
— Je ne sais pas si ça suffira à consoler Christophe Niort... Et je n'arrive toujours pas à comprendre pourquoi Bernard Llorca a fait ça...
— Je crois sincèrement qu'il n'avait pas l'intention de tuer Seryex, répond Watteau. Il voulait, au contraire, lui éviter d'être assassiné. Quant au reste... Il y a quelques mois, il a découvert qu'il était atteint d'un cancer du pancréas. Alors, il s'est mis à vendre ses services au plus offrant et à mettre le plus d'argent possible de côté pour sa fille. Elle est autiste et ne sort pas de l'institution où elle est enfermée.
— Je ne savais pas qu'il avait une fille...
— Personne ne le savait. Je l'ai découvert aujourd'hui.
Charly se frotte les yeux et tâte ses joues encore gonflées.
— Tout ça ne me dit pas qui m'a agressé...
— Non. Mais quant à savoir qui a préparé le boulot des agresseurs, j'ai ma petite idée.

— Ah bon ?

— Oui… Je n'ai pas voulu vous en parler l'autre jour, parce que je n'en étais pas sûr… Ça ne vous a pas étonné qu'une beauté qui ne vous connaît ni d'Ève ni d'Adam vous saute dessus vingt minutes après vous avoir rencontré ?

— Vous voulez dire…

— J'étais au sommet de l'escalier, à la préfecture, quand la rousse Bunny vous a rattrapé. Juste avant, j'avais vu Llorca redescendre seul et lui faire un signe de la tête. Elle s'est empressée de ramasser ses affaires et de guetter votre départ. Llorca n'a pas voulu l'admettre, probablement pour ne pas l'impliquer, mais il me semble évident que cette tendre enfant était là pour vous, samedi soir. Llorca espérait certainement que vous lui laisseriez le dossier de Larski mais, comme il vous connaît, il s'était dit qu'il valait mieux prévoir un plan B.

— Et le plan B…

— C'était Bunny. Rien de tel qu'une nuit de folie pour prendre quelqu'un par surprise…

— Alors, elle… Elle…

— Ah, mon cher, dois-je vous rappeler que la sexualité n'a rien à voir avec les sentiments… ni avec la morale ? Je suis désolé de vous apprendre que l'état civil exact de la pulpeuse Bunny, est… Bénédicte Beyssan-Barthelme, depuis peu directrice générale de WOPharma. Je n'en ai pas l'ombre d'une preuve, hélas ! mais j'ai de bonnes raisons de penser que de Solignac l'a chargée il y a trois ans de prendre la direction d'EuGenTech pour la lui apporter sur un plateau… Grâce à des qualités dont nous n'avons sûrement pas fini de faire l'inventaire, Bunny/Bénédicte n'a probablement eu aucun mal à devenir la maîtresse d'un certain nombre de personnes très influentes… en dehors de vous.

Charly reste sans voix. Il se lève et se plante devant une des fenêtres.

— Je me suis fait couillonner dans les grandes largeurs...
— J'espère au moins que votre nuit de vendredi a été bonne...
— Je ne sais pas. Je ne veux pas le savoir. Je préfère l'oublier. Je crois que je préfère oublier qu'il existe des femmes. Enfin, pour le moment...

Watteau pose délicatement sa main sur l'épaule de Charly.

— Vous avez besoin d'un verre. Je connais un endroit où on boit, où on rigole et où, certains soirs, si ça peut vous consoler, il n'y a que des hommes.
— La *Limite* ?
— Tiens ! Vous connaissez la *Limite* ?
— Bruno Sachs m'en a beaucoup parlé, mais je n'y suis jamais allé.
— Alors allons-y ! Même pour un hétéro irréductible, il n'est jamais trop tard pour faire son éducation.

Le meilleur des mondes possibles, 7

Tourmens, Chaîne Canal 7
Bulletin d'informations du 12 octobre 2002, 20 h 30

Justice : Le journaliste Karl-Albert Shames est soupçonné de délit d'initié dans l'affaire D&F.
La COB a porté plainte pour délit d'initié contre le journaliste et médecin Karl-Albert Shames, producteur de l'émission Un enfant avant tout et organisateur des Rencontres de la médecine. Il semble en effet que M. Shames ait donné l'ordre de vente de plus de 3 millions d'euros d'actions de la société pharmaceutique D&F, la veille même de l'annonce par le parquet de Tourmens de la mise en examen de sa principale actionnaire, Mme Thérèse de Solignac-Durand, le 27 septembre dernier. On se souvient que la société D&F est soupçonnée d'avoir fait procéder par le Pr Garches, de la clinique des Dents-de-Lion, à l'expérimentation illégale d'un de ses médicaments sur des patientes enceintes et d'avoir commandité l'assassinat du Pr Seryex, chef du département de pharmacologie à l'hôpital de Tourmens, par l'un de ses confrères, le Pr Llorca. Ce dernier a été mis en examen et écroué il y a quelques semaines sur ordonnance du juge Jean Watteau, chargé de l'instruction. Rappelons que la mise en examen du

Pr Llorca, médecin légiste et anatomopathologiste de renom, expert auprès des tribunaux, a provoqué les protestations des membres de la faculté de médecine et d'un certain nombre de personnalités politiques locales qui ont tenté de faire pression sur le parquet pour que le juge soit dessaisi du dossier. Fait exceptionnel, à la suite de ces protestations, la présidente du tribunal de Tourmens, Mme de Froberville, a déclaré publiquement son entier soutien au juge Watteau dans la recherche de la vérité. Soucieux de respecter l'indépendance de la justice, le garde des Sceaux s'est pour sa part gardé de tout commentaire. L'instruction suit son cours.

Karl-Albert Shames, dont la fondation recevait régulièrement des dons de la société D&F, aurait négocié tous les titres de son portefeuille pour une somme égale à deux fois leur prix d'acquisition. Or, la valeur du titre de D&F a plongé de 40 % le jour où Mme de Solignac-Durand a été mise en examen pour expérimentations illégales et meurtre commandité. Karl-Albert Shames se défend de tout délit d'initié. D'après son avocat, il n'était pas au courant de la vente de ses titres, la gestion de son portefeuille ayant été depuis longtemps confiée à son épouse, Mme Elena Shames-Vliatapine. Les documents remis par la COB et ceux qu'a recueillis le juge d'instruction Laugery – en particulier des relevés téléphoniques – semblent cependant confirmer que l'ordre de cession est venu de M. Shames en personne, car il a été donné depuis son téléphone portable. Contactée, Mme Shames-Vliatapine nous a confié que M. Shames et elle ne s'étaient pas vus depuis plus de dix jours, et qu'elle envisageait une procédure de divorce pour faute. Karl-Albert Shames, dont les émissions ont été suspendues sine die par TéléPrime, devrait être entendu dans les prochains jours par le juge Laugery, qui a d'ores et déjà mis en examen et fait incarcérer le Pr Garches et une dizaine d'autres personnes dans le cadre de l'affaire D&F.

L'armée des ténèbres, 4

Chaîne TéléPrime,
Bulletin d'informations du 20 novembre 2002, 20 h 25

Économie : La société WOPharma annonce la nomination de Bénédicte Beyssan-Barthelme au poste de président-directeur-général, en remplacement de M. Louis de Solignac, démissionnaire à la suite de la mise en examen de son épouse, Mme de Solignac-Durand, dans l'affaire D&F. La responsabilité de Louis de Solignac a définitivement été écartée dans cette affaire mais, soucieux de ne pas ternir la réputation de WOPharma, M. de Solignac avait annoncé sa démission depuis plusieurs jours. On murmure cependant qu'il pourrait rester attaché à la direction de WOPharma au titre de conseiller. C'est en effet à Louis de Solignac que WOPharma doit son OPA réussie sur EuGenTech, ce qui permet aujourd'hui à la multinationale d'occuper sur le marché des traitements de la fécondité une place prépondérante, que la faillite annoncée de la société D&F devrait encore renforcer.
Bénédicte Beyssan-Barthelme était déjà, depuis septembre dernier, directrice générale de WOPharma. Elle accède ainsi en

quelques semaines seulement aux commandes de la société qui a absorbé EuGenTech, entreprise dont elle était précédemment le principal cadre dirigeant. La carrière fulgurante de cette jeune femme hors du commun force l'admiration. Diplômée de Sciences-Po à dix-neuf ans, elle rejoint l'agence...

Silhouettes dans un paysage

Château de Lermignat,
20 novembre 2002, 20 h 29

Charly résiste au désir enragé de lancer la télécommande sur le téléviseur. Le visage rayonnant de la rousse Bénédicte lui est insupportable. Il se contente de changer de chaîne.
— En voilà une qui a réussi son ascension, ironise Watteau en se servant un whisky.
Tassé dans le canapé en face de lui, Charly fulmine.
— Je n'en reviens pas... Le même jour, Solignac se débarrasse de son encombrante épouse et fait nommer sa maîtresse à la place qu'il occupait... Qui dit que les femmes sont faibles ?
— Pas moi ! répond le juge en levant son verre.
— Et vous faites bien, mon cher fils, déclare Claude de Lermignat en entrant dans le salon, car je vous ai bien élevé ! Bonsoir, Charly, comment allez-vous ?
— Ne lui posez pas la question, Maman. Il est abattu. Il croyait avoir rencontré le grand amour, et il n'arrive pas à comprendre qu'il n'en est rien... Ne t'en... Ne vous en faites pas, toubib, je vous présenterai quelqu'un d'autre.

L'autre jour, à la reconstitution, vous n'avez pas vu que Marie Taranger vous dévorait du regard ?

— Qui ça ?

— Notre technicienne de l'identité. La jeune femme brune qui revient d'Amérique ! Si vous ne l'avez pas remarquée, c'est que vous n'êtes pas encore rétabli, mon vieux...

— Jean, cessez donc de le harceler ! Cher Charly. Je suis désolée... Mais, est-ce vrai, ce que m'a appris Jean ? Vous êtes sans logis ?

— Quasiment. Mon studio appartient à Llorca. Jean m'a évité jusqu'ici la mise sous scellés, mais je dois débarrasser les lieux demain...

Mme de Lermignat ferme les yeux et secoue la tête.

— Quel malheur. Comment un homme pareil a-t-il pu tomber si bas ?

Charly reste silencieux.

Mme de Lermignat s'assied près de lui et pose sa main sur celle de Charly.

— Cher Charly, si j'osais...

— Oui ?

— Je sais que ça ne se fait pas mais... accepteriez-vous d'être l'hôte du château de Lermignat, le temps de trouver un autre logement ?

Charly se redresse, confus.

— Je ne sais pas... Je ne voudrais pas... déranger.

— Oui, je comprends, admet-elle. Mais, comme vous le constatez, les lieux ne sont pas vraiment surpeuplés... Ma chère mère – *le diable l'emporte* – a longtemps vécu dans les trois pièces aménagées de l'aile ouest où Jean vous a... hébergé, il y a quelques semaines. En occupant la place, vous m'aiderez à effacer le souvenir de cette cohabitation infernale. L'accès est indépendant, vous ne serez même pas contraint de venir me saluer tous les jours !

— Je vous... paierai un loyer, alors...
— Bien entendu. Vous me paierez... *en nature*.
Elle éclate de rire devant la stupéfaction de Charly.
— Oui, vous me prendrez gratuitement la tension deux fois par semaine et, tel un médecin de la Chine impériale, vous veillerez à ce que je ne tombe jamais malade. Ainsi, nous serons quittes !
— Je ne sais pas quoi dire...
— Alors, dis-lui oui ! Maman a horreur qu'on lui résiste...
Le ton de Watteau est imprégné d'un mélange de dureté et d'ironie.
— Jean ! Que vous arrive-t-il ? Vous tutoyez le docteur Lhombre à présent ?
La voix de Mme de Lermignat s'adoucit.
— ... Et vous venez de m'appeler « Maman » à *deux* reprises...
Jean Watteau pose son verre sur la table basse qui le sépare de Charly Lhombre. Il hésite, comme pour chercher ses mots et, enfin, prononce d'une voix calme :
— Je serais heureux que tu acceptes cette proposition. Que tu la considères comme... une marque d'amitié.
Charly ne répond pas mais, par-dessus la table, Jean voit une main brunie se tendre vers lui.

Épilogue

Laura, 7

(Décembre 2002)

— Oui, c'est un beau cadeau de Noël... Luc est aux anges, si tu savais comme il est heureux. Il avait raison, tu sais, il suffisait d'attendre... Maintenant, je regrette de nous avoir imposé tout ça. Finalement, avoir un enfant ça fait partie des aléas de la vie, on n'a pas trente ans, tous les deux, on est en bonne santé... Ce n'était pas urgent... Et quand on a décidé de tout laisser tomber, de penser à autre chose... oui, c'est ça, *de vivre !*... voilà, c'est arrivé ! De combien ? De huit semaines, exactement, je reviens de chez le docteur... Non, c'est un jeune généraliste qui a repris la clientèle du vieux médecin de campagne qui était installé pas loin de chez nous... Il est très, très gentil. Il a plein de monde dans son cabinet, il soigne beaucoup de réfugiés et de patients qui n'ont pas de revenus, tu vois, et il bosse beaucoup avec une association d'entraide aux SDF. Oui, c'est vraiment un type bien, il a beaucoup de boulot, mais il prend son temps... Il m'a mise à l'aise, il est très délicat...

Non, rien à voir avec le gynécologue, là – Garches ! Tu sais qu'il est en prison ? Il testait des médicaments sur ses patientes sans le leur dire. Oui, même moi ! Il nous donnait des gélules numérotées, on ne savait pas exactement ce qu'il y avait dedans, et franchement, quand tu entends dire à la télé que ces médicaments pouvaient provoquer des accidents mortels, et que ce gars-là exerçait avec la bénédiction de tout le monde, c'est effrayant... Comment je vais ? Bien. Enfin, mieux depuis que j'ai vu le médecin, parce que, dès que j'ai été enceinte, je me suis mise à avoir des nausées terribles, il a même pensé que j'attendais peut-être des jumeaux... Non, non, on a fait une échographie, il n'y en a qu'un ! On aurait adoré en avoir deux d'un coup, remarque ! Luc ? Il est prêt à tout... La seule chose qui l'ennuie, c'est que je vomisse toute la journée. C'est pour ça que je me suis forcée à aller voir le médecin. Je n'en avais pas très envie parce que tu vois, les médecins, j'en sors, mais celui-là on m'en avait dit du bien, alors je suis allée le voir, et j'ai bien fait... Un médicament que j'ai déjà pris, je crois. Pendant les stimulations hormonales, il y a plusieurs mois, parce que ça pouvait faire vomir... Oui, oui, très efficace sur les vomissements des femmes enceintes. Figure-toi que j'ai failli ne pas en prendre : le laboratoire qui le fabrique a fermé et on n'en trouve plus en pharmacie, mais heureusement pour moi, le représentant était passé voir mon médecin le premier jour de son installation et, comme il a beaucoup de patientes sans ressources, il lui a réquisitionné trente boîtes d'échantillons gratuits. Alors il a pu m'en donner... Oui, il m'a dit que j'en avais encore pour trois semaines à avoir des nausées comme ça, mais qu'avec, attends, je regarde... la Pro-nau-zine, ça ne devrait pas durer trop longtemps... Et, tu vois, je n'en prends que depuis hier, mais je me sens déjà beaucoup mieux !

Notes

Toutes les dépêches de ce texte sont évidemment fausses, mais sont inspirées de faits réels ; le chapitre de la page 139 (*Le meilleur des mondes possibles*, 5) doit beaucoup à un texte d'Éric Favereau, publié par *Libération* en avril 2002.

Presque tous les événements, la plupart des lieux et, à deux ou trois exceptions près, l'immense majorité des personnages cités dans ce roman sont imaginaires. En revanche, les institutions – telle la Commission d'AMM – sont bien réelles. Il existe effectivement une « liste des déclarations d'intérêt » des experts appartenant aux diverses commissions de l'Agence du médicament en France. Cette liste montre que la très grande majorité des intervenants sont plus ou moins liés à l'industrie pharmaceutique.

La *revue Prescrire* est à l'heure actuelle, depuis plus de 20 ans, la seule et unique revue française indépendante et critique consacrée au médicament. Bien qu'elle soit destinée à la fois aux pharmaciens et aux médecins, elle n'est malheureusement lue que par 20 000 abonnés chaque année, ce qui est notoirement insuffisant pour assurer la formation intellectuelle et critique des professions médicales face aux discours de l'industrie pharmaceutique.

L'histoire de la dextro/lévogrhémuline reprend certains éléments des histoires édifiantes et réelles du thalidomide et du distilbène, de sinistre mémoire. Du fait de la multiplication exponentielle des médicaments expérimentés et commercialisés dans le monde, et malgré les contrôles internationaux en matière de produits pharmaceutiques, les accidents médicamenteux sont toujours d'actualité, surtout quand les substances commercialisées sont destinées à des utilisateurs nombreux. La puissance financière et politique de l'industrie pharmaceutique est immense. Des manipulations similaires à celles que je décris dans ce roman ne sont donc pas seulement plausibles, mais probablement fréquentes. On est même en droit de penser qu'elles font partie du jeu.

Quant aux professionnels eux-mêmes, ils ne sont pas exempts de toute critique et ils ne sont pas immunisés contre les abus. De fait, le 12 novembre 2002, alors que j'allais renvoyer à l'éditeur les corrections de ce livre, j'ai lu sur le site médical français « Medhermes.com » un article que je reproduis ci-dessous *in extenso*.

Fécondations in vitro : les cliniques britanniques abuseraient de la confiance de patients

Les cliniques spécialisées dans la fertilité artificielle trompent les couples désireux d'avoir des enfants et les incitent à avoir des fécondations in vitro non indispensables, affirme un embryologiste, le Dr Sammy Lee, dimanche dans le *Sunday Telegraph*. Les erreurs de manipulation, comme celles qui ont conduit à la naissance en Grande-Bretagne de jumeaux noirs nés dans une famille blanche, ne sont pas rares, selon le Dr Lee.

L'Autorité de fertilisation humaine et d'embryologie (HFEA), organisme de contrôle de l'aide à la procréation au Royaume-Uni, a affirmé que « la confusion d'embryons est un événement extrêmement rare », qui survenait moins d'une ou deux fois par an. Le Dr Sammy Lee assure au contraire connaître personnellement une demi-douzaine de couples qui ont été victimes d'une confusion d'embryons, des erreurs « émotionnellement dévastatrices pour les mères concernées » même si les grossesses ont été évitées.

« Ils ont conclu un accord avec les cliniques concernées, généralement en échange de la gratuité de leur traitement et ont décidé de garder le silence », a expliqué le Dr Lee, embryologiste depuis près de vingt ans. Pour ce médecin, les erreurs ne sont pas rares, même dans les meilleurs laboratoires. La HFEA « est gênée par un manque de financement et de ressources et sa capacité à exercer une réelle influence est limitée », a-t-il observé.

Les spécialistes de la fécondation artificielle sont fortement motivés par l'argent mais plus encore par la détermination de « réussir à tout prix » à faire naître un enfant, quelles que soient les conséquences éthiques ou les conséquences sur les parents concernés, indique l'embryologiste. Selon lui, certaines cliniques ont recours à la fécondation in vitro beaucoup plus souvent qu'il ne le faudrait.

« Je crois sincèrement que certaines cliniques augmentent leurs chiffres en poussant des couples jeunes à utiliser des ovules issus de dons (ou du don de sperme) plutôt que les leurs, quand il n'y a pourtant pas de raison clinique à cela », dit-il. Pour le Dr Lee, 70 % des femmes qui ont recours à la fécondation in vitro avec don d'ovules ont pourtant des ovules en état de marche.

© 2002 AFP

Si le public croit que ce genre de dérive est impossible en France, on peut penser qu'il s'agit de naïveté. Mais si la profession médicale française affirme que de telles pratiques sont impossibles ici, on est en droit de se demander si ce déni n'est pas, purement et simplement, complice.

Celui qui connaît la vérité et la tient pour un mensonge est un criminel.

Bertoldt Brecht

Le Mans, jeudi 14 novembre 2002

Remerciements

Merci à Béatrice Duval qui, en me proposant d'écrire ce premier volume de la collection « Polar Santé », m'a permis de poursuivre les enquêtes de Jean Watteau et de Charly Lhombre.

Merci, bien sûr, à Roger Lenglet et à « Linda Lovelace » qui m'ont beaucoup appris sur les méandres de la commercialisation des médicaments en France.

Merci au Dr Philippe Koenig, pour m'avoir donné l'idée de faire du *placenta accreta* la complication élective et rare des « grhémulines ».

Merci à Brigitte Fanny-Cohen, qui dans son ouvrage *Un bébé mais pas à tout prix* (Jean-Claude Lattès) décrit mieux que quiconque les épreuves des femmes soumises aux professionnels de la procréation médicalement assistée.

Merci à John Brunner, dont les romans aujourd'hui un peu oubliés – en particulier : *L'Orbite déchiquetée* (« Présence du Futur », Denoël) ; *Tous à Zanzibar*, *Le Troupeau aveugle* et *Sur l'onde de choc* (« Ailleurs et Demain », Laffont) – m'ont initié aux narrations éclatées. La construction d'un livre, c'est le *lecteur* qui l'achève.

Merci, enfin, à Gil Grissom et Catherine Willows, à Jordan Cavanaugh et Garret Macy et – bien entendu – à Amanda Bentley, Jesse Travis, Steve Sloan et Mark Sloan, pour leurs précieux conseils et le plaisir qu'ils me donnent en me racontant leurs enquêtes.

TABLE DES MATIÈRES

Prologue : L'armée des ténèbres, 1 9	Laura, 4 104
Identification d'une femme 13	La dame dans l'auto 108
Le quatrième pouvoir, 1 17	Règlement de comptes 113
Croissance, 1 20	L'armée des ténèbres, 3 117
Accident ! 23	Traitement de choc 119
Le meilleur des mondes possibles, 1 ... 27	Croissance, 3 128
La cinquième victime 29	Les bas-fonds 131
Laura, 1 32	Laura, 5 134
La loi... c'est la loi 35	Le meilleur des mondes possibles, 5 .. 137
Le meilleur des mondes possibles, 2 ... 40	La terrasse 139
L'armée des ténèbres, 2 43	Une certaine rencontre 148
Le Dossier 51 45	Le jour se lève 149
Laura, 2 49	Le meilleur des mondes possibles, 6 .. 151
Un crime dans la tête 52	Laura, 6 153
La maison du Dr Édouard 56	Garde à vue 156
Laura, 3 62	L'aveu 161
Le meilleur des mondes possibles, 3 ... 64	Le Monde Perdu 169
Trois hommes et un coup fin 66	Le meilleur des mondes possibles, 7 .. 172
Le quatrième pouvoir, 2 73	L'armée des ténèbres, 4 174
Croissance, 2 76	Silhouettes dans un paysage 176
Le quatrième protocole 82	Épilogue : Laura, 7 (décembre 2002) .. 179
Interrogatoire 87	Notes 183
Le meilleur des mondes possibles, 4 ... 94	Remerciements 187
India Song 96	

Martin Winckler est né en 1955 à Alger sous le nom de Marc Zaffran dans une famille juive. De 1961 à 1962, il suit ses parents dans leur exode en Israël, puis en France où ils s'installent à Pithiviers. Son père, Ange Zaffran, pneumologue de formation, y exercera jusqu'à la fin de sa vie la médecine générale.

Dès l'âge de treize, quatorze ans, Marc Zaffran se met à écrire un journal et de nombreuses nouvelles fantastiques inspirées de ses lectures. Il dévore aussi les séries télévisées des années 60, *Belphégor*, *Rocambole*, *Mission : Impossible*...

Après une année passée en Amérique, il fait ses études de médecine à Tours de 1973 à 1982 où il obtient son concours entre autres grâce à la première épreuve de français mise en place dans une faculté de médecine.

Après plusieurs années de pratique médicale, il s'installe enfin en 1983 dans un cabinet de médecine générale, près du Mans. Il entreprend parallèlement l'écriture d'un grand roman, *Les Cahiers Marcœur*. Presque simultanément, il se joint à l'équipe de la revue *Prescrire*, périodique indépendant et critique consacré aux médicaments et destiné aux généralistes et aux pharmaciens. Il y animera des pages « magazine » traitant essentiellement du vécu des médecins.

De 1984 à 1986, il publie enfin ses premières nouvelles – sous le pseudonyme de Martin Winckler – dans la revue *Nouvelles Nouvelles* dirigée par Daniel Zimmermann et Claude Pujade-Renaud.

En 1989, il publie son premier roman (*La Vacation*, POL), réalise beaucoup de traductions de textes de médecine mais aussi de romans policiers, de bandes dessinées, de littérature. En 1991, il rejoint l'équipe de *Que Choisir Santé*. De 1992 à 1998, il rédige plusieurs essais sur les séries et écrit son troisième roman *La Maladie de Sachs* (POL, 1998) qui deviendra Prix du Livre Inter et connaîtra le succès que l'on sait.

Fidèle à ses convictions, il entreprend la rédaction de livres militants sur la médecine et sur le soin *(En soignant, en écrivant*, 2001 ; *Contraceptions mode d'emploi*, 2001) et celle d'essais sur les séries américaines (*Les Miroirs de la vie*, 2002) ainsi qu'un feuilleton en ligne, *Légendes*, publié sur le site de l'éditeur POL.

Il publie à l'automne 2002 *C'est grave, Docteur ?* aux Éditions de la Martinière et, sur le site de POL (pol-editeur.fr), une biographie-feuilleton intitulée *Plumes d'Ange* et consacrée à son père. Attaché à toutes les formes de narration – et en particulier aux genres qualifiés de « populaires » –, Martin Winckler nous propose, avec *Mort in vitro* (sortie le 23 janvier au Fleuve Noir **en partenariat avec la Mutualité Française**), sa deuxième incursion dans la littérature policière depuis *Touche pas à mes deux seins* (« Le Poulpe », Baleine, 2001).

Impression réalisée sur CAMERON par

BUSSIÈRE CAMEDAN IMPRIMERIES
GROUPE CPI
à Saint-Amand-Montrond (Cher)
en décembre 2002

FLEUVE NOIR
12, avenue d'Italie
75627 Paris Cedex 13
Tél. : 01-44-16-05-00

— N° d'imp. 025582/1. —
Dépôt légal : janvier 2003.
Imprimé en France